NENHUM SONHO É IMPOSSÍVEL

Editora Appris Ltda.
1.ª Edição - Copyright© 2023 do autor
Direitos de Edição Reservados à Editora Appris Ltda.

Nenhuma parte desta obra poderá ser utilizada indevidamente, sem estar de acordo com a Lei nº 9.610/98. Se incorreções forem encontradas, serão de exclusiva responsabilidade de seus organizadores. Foi realizado o Depósito Legal na Fundação Biblioteca Nacional, de acordo com as Leis nos 10.994, de 14/12/2004, e 12.192, de 14/01/2010.

Catalogação na Fonte
Elaborado por: Josefina A. S. Guedes
Bibliotecária CRB 9/870

A474n
2023
	Alves, Marcel
	    Nenhum sonho é impossível / Marcel Alves. - 1. ed. - Curitiba : Appris, 2023.
	    212 p. ; 23 cm.
	
	    Inclui referências.
	    ISBN 978-65-250-3958-9
	
	    1. Memória autobiográfica. 2. Sonhos. 3. Educação. I. Título.
	
	                                            CDD - 808.06692

Livro de acordo com a normalização técnica da ABNT

Appris editora

Editora e Livraria Appris Ltda.
Av. Manoel Ribas, 2265 - Mercês
Curitiba/PR - CEP: 80810-002
Tel. (41) 3156 - 4731
www.editoraappris.com.br

Printed in Brazil
Impresso no Brasil

Marcel Alves

NENHUM SONHO É IMPOSSÍVEL

FICHA TÉCNICA

EDITORIAL	Augusto Vidal de Andrade Coelho
	Sara C. de Andrade Coelho
COMITÊ EDITORIAL	Marli Caetano
	Andréa Barbosa Gouveia (UFPR)
	Jacques de Lima Ferreira (UP)
	Marilda Aparecida Behrens (PUCPR)
	Ana El Achkar (UNIVERSO/RJ)
	Conrado Moreira Mendes (PUC-MG)
	Eliete Correia dos Santos (UEPB)
	Fabiano Santos (UERJ/IESP)
	Francinete Fernandes de Sousa (UEPB)
	Francisco Carlos Duarte (PUCPR)
	Francisco de Assis (Fiam-Faam, SP, Brasil)
	Juliana Reichert Assunção Tonelli (UEL)
	Maria Aparecida Barbosa (USP)
	Maria Helena Zamora (PUC-Rio)
	Maria Margarida de Andrade (Umack)
	Roque Ismael da Costa Güllich (UFFS)
	Toni Reis (UFPR)
	Valdomiro de Oliveira (UFPR)
	Valério Brusamolin (IFPR)
SUPERVISOR DA PRODUÇÃO	Renata Cristina Lopes Miccelli
ASSESSORIA EDITORIAL	Tarik de Almeida
REVISÃO	Paulo Cezar Machado Zanini Junior
PRODUÇÃO EDITORIAL	Raquel Fuchs
DIAGRAMAÇÃO	Bruno Ferreira Nascimento
CAPA	João Vitor
REVISÃO DE PROVA	Raquel Fuchs

Dedico esta obra para todos os meus amigos que passaram horas comigo no morro falando de sonhos, em nossa grande maioria queríamos apenas um emprego que nos possibilitasse dias melhores, mesmo com o perigo tão perto de nós que algumas vezes tínhamos que sair correndo de lá por conta dos tiros.

AGRADECIMENTOS

Ao Sagrado e aos meus!

Exu uma vez me disse que eu ia escrever um livro sobre a minha vida e a vida de milhares de jovens como eu, confesso que não entendi muito, estava começando a rabiscar uns versos de poesia, jamais achei que seria capaz de tal feito!

Mas quem conhece sabe que Exu é caminho, Exu é vida, Exu é determinação, é cumpridor de lei.

Este livro só afirmou o quanto ele estava certo!

SUMÁRIO

PRÓLOGO 13
CAPÍTULO 1 15
CAPÍTULO 2 17
CAPÍTULO 3 19
CAPÍTULO 4 21
CAPÍTULO 5 28
CAPÍTULO 6 31
CAPÍTULO 7 40
CAPÍTULO 8 45
CAPÍTULO 9 48
CAPÍTULO 10 53
CAPÍTULO 11 59
CAPÍTULO 12 63
CAPÍTULO 13 67
CAPÍTULO 14 73
CAPÍTULO 15 79
CAPÍTULO 16 93
CAPÍTULO 17 103
CAPÍTULO 18 114
CAPÍTULO 19 120
CAPÍTULO 20 125
CAPÍTULO 21 142
CAPÍTULO 22 147
CAPÍTULO 23 173
CAPÍTULO 24 176
CAPÍTULO 25 177
CAPÍTULO 26 185
CAPÍTULO 27 187
CAPÍTULO 28 191
CAPÍTULO 29 193
CAPÍTULO 30 196
CAPÍTULO 31 205
CAPÍTULO 32 206
REFERÊNCIAS 209

PRÓLOGO

"Vai caralho... Para parede todo mundo!".

Só ouvi quando alguém gritou: "tem criança aqui!".

— Foda-se, para parede também — disse o policial — e já vou logo avisando, quem tiver sem documento vamos levar para cadeia!

Quando ouvi aquilo, minhas pernas tremiam cada vez mais, quase não conseguindo ficar de pé, lembrei na hora as palavras da minha mãe, pedindo pra eu andar com meu documento onde quer que eu fosse, mas eu não ligava para aquelas palavras e sempre o deixava em cima da mesa.

— Filho da puta, o que você está fazendo na rua uma hora dessas!? — Se dirigindo a mim.

— Eu moro aqui nessa rua — respondi com a voz tremula quase sem sair.

— Eu não perguntei onde você mora.

Me levou para o canto, nessa hora Carlos começou a chorar.

— Me fala onde tá a porra dos flagrantes, aponta para o dono, nessa fogueira maldita.

CAPÍTULO 1

Nós estávamos na esquina do barzão, eu, Leandro e o Ticão, eles estavam quase me convencendo para roubar uma carga que estava vindo do Rio de Janeiro, uma fita dada.

Há quase um ano desempregado, vendo as portas se fechando cada vez mais, mesmo entregando currículos para os conhecidos, a situação em casa cada dia pior, meus pais sempre dando um duro danado, e quando chegava o final do mês, mal dava pra pagar as contas, me sentia um lixo vendo eles naquela situação, na verdade me sentia um inútil.

— Mateus já está tudo no esquema, não tem erro, quando a carga passar por aquele radar, depois da ponte Vila Guilherme na Marginal Tietê, de frente com o Magazine Luiza, a gente passa o caminhão e fala que a lona dele tá solta atrás, enquadra o caminhão, leva o motorista e é tudo nosso — disse Leandro com sangue no olho.

Nessa hora o Tiago chegou.

— Fala aí rapaziada firme, Mateus lembra aquele currículo que você me entregou? Você foi selecionado para fazer uma entrevista amanhã, aproveita e vamos lá em casa comigo pra pegar uma roupa social.

— Bora, Mateus. Vai correr da missão, está com medo? — disse Ticão.

— Ô rapaziada, não me levam a mal é que eu preciso desse trampo.

— Que trampo o que, mano, com essa carga que vamos pegar você não vai precisar trampar por uns três anos — disse Leandro.

— Vou nessa, mano!

— Vai aonde? — perguntou Leandro bravo com a situação.

— Vou na casa do Tiago pegar uma roupa pra fazer a entrevista amanhã!

— É um cuzão mesmo. Vai abandonar os manos? — disse Ticão.

— Preciso desse serviço mais que tudo, vocês não estão nem ligados.

No dia seguinte fui fazer a entrevista com um misto de medo e confiança ao mesmo tempo.

— Fica calmo mano, vai dá tudo certo — disse Tiago.

E deu mesmo, fui aprovado e fiquei feliz da vida com aquela notícia.

Quando cheguei na vila fui procurar o Leandro e o Ticão, para dá a notícia a eles, foi quando fiquei sabendo do ocorrido da noite passada.

— Não acredito, fala que é mentira?

— É não, mano, a polícia passou os dois sem piedade, mais de 50 tiros em cima deles, o Leandro tá parecendo uma peneira, o Ticão tentou correr, foi só nas costas, eles estavam aqui na vila ainda, iam fazer alguma fita — disse Carlos.

— Mano, era pra eu tá nessa fita também, tava tudo certo já, eu devo a minha vida pro Tiago, na hora que a gente estava combinando de sair ele chegou falando da oportunidade da entrevista no serviço dele, não acredito que isso aconteceu de verdade, mas a porra do caminho dessa vida é esse ou cana, certeza que a tia Alzira e a tia Rosana não têm dinheiro para a burocracia do funeral.

— Claro que não tem, mano, o pessoal começou arrecadar o dinheiro pra fazer essa correria.

CAPÍTULO 2

Comecei trabalhar no estoque da livraria em que passei na entrevista, de início achei muito chato ficar empilhando livros, já que não gostava do contato com eles, porque das raras vezes que lia não entendia a maioria das coisas que estavam escritas, não me sentia capaz de aprender.

Mesmo eu não tendo o hábito de ler livros, sempre lia o caderno de esportes e algumas coisas sobre entretenimento, na verdade, era um jovem curioso, isso não posso negar, mas tinha na mente que não era capaz de aprender.

Certo dia desci do estoque para almoçar e vi um senhor de cabelo black, terno preto e um tênis Jordan, a coisa mais linda, lendo um livro que não dei a mínima, eu não parava de olhar para aquele tênis, foi o que chamou a atenção do senhor, percebendo o meu olhar para ele. Me cumprimentou, era tudo que eu queria, mesmo sendo muito tímido, fui até ele e lhe dei bom-dia, o senhor retribuiu com um sorriso triunfal, me aproximei com a desculpa de perguntar qual era o livro que ele estava lendo.

— Desculpa a minha pergunta, que livro é esse que o senhor está lendo?

— Bom dia, garoto, prazer, me chamo Mauro. Qual é o seu nome?

— Meu nome é Mateus!

— Você gosta de ler, garoto?

— Não, eu não consigo entender e nem me concentrar na leitura.

— É falta de hábito, estou lendo a autobiografia do Malcolm X pela terceira vez. Se você quiser posso te emprestar, trabalho bem ao lado da livraria, sei que você trabalhar aqui, né?

— Sim, trabalho! Não tenho capacidade pra entender o que está escrito nesse livro.

— Deixa de bobagem, garoto, lógico que você consegue, basta querer e se esforçar.

A forma como ele me chamava de garoto me deixava envaidecido.

— Vou terminar hoje essa leitura e amanhã trago pra você, combinado?

— Sim, combinado!

No dia seguinte Mauro foi até a livraria me levar o livro, e conversamos alguns minutos.

— Garoto, vou te falar uma coisa já que vai ler a obra. Esse homem chamado Malcolm X tem o poder de salvar vidas, "lute por justiça, liberdade e igualdade por qualquer meio necessário".

Confesso que não entendi aquela fala dele, mas balancei a cabeça que sim.

— Não precisa ter pressa por essa leitura, apenas faça o esforço que for possível, que terá uma mudança brusca em sua vida.

Desde aquele dia nasceu um afeto muito grande entre mim e o Mauro.

...

Iniciei a leitura naquele dia mesmo, mais por curiosidade e a maneira que Mauro falava daquele homem.

E realmente a leitura estava me deixando sedento por conhecimento, a maneira que eu ia lendo, até três vezes a mesma página para entender melhor, quão transformador e fascinante era Malcolm X, de fazer o negro amar os seus traços e poder dizer que o negro é lindo sim, ainda mais quando encontra a sua negritude, assumindo que tem cabelo crespo e pode fazer tranças.

O jeito intrépido de ser, encarar aqueles debates com tanta lucidez e coerência, de Havard a Columbia, sem estudo acadêmico e sem dinheiro, e acabar com todos os seus oponentes de um modo verdadeiro.

Vi que Mauro tinha razão, aquele homem é capaz de salvar vidas, era exatamente isso que estava fazendo com a minha, foi aí que entendi quando ele disse: "justiça, liberdade e igualdade por qualquer meio necessário".

Dali em diante eu só queria aprender e matar a minha curiosidade de tudo.

Através do contato com o mestre, eu estava me sentindo inserido em uma sociedade cheia de desigualdade racial e social, passei a ler todos os dias, com muitas indicações de Mauro, que se tornou meu professor e amigo.

CAPÍTULO 3

Todos os dias no horário do almoço, comecei a descer pra ler livros de todos os tipos, de romance a filosofia, e as vezes para conversar com Mauro sobre as notícias do dia a dia e refletir sobre alguns economistas que víamos na livraria ou no noticiário, falando de crise sem ao menos nunca terem passado por uma na vida, não tendo noção alguma do que é crise de verdade. Mauro me contou o que o fez ficar sedento por conhecimento e nunca deixar de passar para os mais novos.

— Eu trabalhava em um escritório que um primo meu conseguiu uma entrevista pra mim, mas eram dias terríveis, além de levar três horas ou mais para chegar no emprego e em casa na volta, os companheiros de trabalho faziam parte da chamada "classe média" e não mediam esforços para querer me humilhar, com conversas de que todos os favelados eram bandidos e de que nunca vão vencer na vida, sempre querendo mostrar como os finais de semana deles muitas vezes eram nos Estados Unidos ou na Europa. Até que um dia o meu supervisor falou pra eu ir procurar outro emprego, porque ali eu não teria futuro nenhum, sabe por quê? Te digo agora mesmo: 'porque você não é capaz de crescer nessa empresa e em lugar nenhum'. Aquilo subiu o meu sangue e pensei em agredir aquele racista, mas não fiz, na real acho que era aquilo que ele queria, só que daquele dia em diante eu prometi pra mim e pra minha mãe que jamais seria humilhado por alguém. No semestre seguinte comecei a cursar Sociologia e estudar todos os dias com foco e determinação, me especializando em duas Universidades fora do país Howard e Havard. Me tornei professor na maior Universidade do país e um escritor lido no mundo todo, e agora determinado a te ajudar a ser quem você quiser ser.

No meio da nossa conversa, eis que esbarra uma moça linda em mim, cabelos cacheados, olhos cintilantes e unhas lindas, me pediu desculpas, mas confesso que me deu vontade de ficar na frente dela todas as horas do seu dia, só pra ganhar aquele pedido de desculpas, misturado com uma doçura que não sei explicar e aquele sorriso lindo.

— Que isso em garoto, que olhar foi esse pra você?

— Jamais, mestre, o pessoal comenta que essa moça é muito simpática, porém séria demais com relação aos engraçadinhos que trabalham na livraria.

— Que não é o seu caso ser engraçadinho, eu vi a maneira como ela te olhou, já vi esse filme antes.

— Nada disso, mestre, o senhor está vendo demais, foi apenas um esbarrão sem querer.

CAPÍTULO 4

Tiago era do mesmo setor daquela moça linda que esbarrou em mim outro dia, quase todos os dias eles iam almoçar juntos.

Eu desci do estoque para almoçar e conversar com Mauro e não o encontrei, foi quando Tiago me convidou para ir almoçar com eles.

— Mateus, bora almoçar com a gente?

— Pensei em falar não, por vergonha dela, mas balancei a cabeça que sim, queria conhecer a dona daqueles cabelos cacheados e um sorriso encantador.

Tiago nos apresentou um para outro.

— Prazer, meu nome é Luana!

— Prazer é todo meu, me chamo Mateus!

— Então quer dizer que o Mateus está querendo ler todos os livros que têm na livraria? — perguntou Luana rindo.

— Pois é, pra quem não gostava de ler, está me saindo melhor que encomenda — disse Tiago sorrindo.

— Você está certo, Mateus, continue assim que vai longe — disse Luana.

Conversamos todos os tipos de assunto e eu não senti vergonha como era de costume.

— Mateus, gostei de almoçar com você — disse Luana.

— Eu também gostei de almoçar com vocês — eu disse.

Depois daquele almoço passamos a conversar com mais frequência. Aquela impressão de metida que eu tinha dela era um pré-julgamento comum em nós seres humanos, precipitado em muitos momentos.

No dia seguinte contei do almoço para Mauro.

— Por isso que estou percebendo um brilho no olhar desse garoto, fico feliz que está perdendo a timidez — disse Mauro sorrindo — Garoto, quero te fazer um convite, vou participar de um debate e quero muito ter você na plateia.

— Quando, mestre? — perguntei irradiante.

— Semana que vem, garoto!

— É sobre o que esse debate? — eu perguntei.

— Sobre desigualdade racial, social, vamos falar de religião e outros temas também. Vão estar presente na mesa de discussão um empresário, dono da maior construtora do país, um comandante da polícia do Estado e um religioso.

— Posso levar o Tiago, mestre?

— Claro que pode, garoto!

...

Chegou o dia do debate que seria transmitido pela TV Cultura. Quando chegamos no local nos deparamos com Luana.

— Ô louco, a gente não sabia que você vinha — eu disse.

— Meninos, tô feliz em ver vocês — disse Luana sorrindo — Deixa eu apresentar o Fernando para vocês, meu namorado. Eles são Mateus e Tiago que trabalham comigo.

— Prazer — nós dissemos.

— Meu sogro vai participar do debate. E vocês, como chegaram até aqui, meninos?

— Meu amigo é um dos debatedores também e nos convidou, estou muito ansioso pra começar logo — eu disse.

— Eu também — disse Luana.

— Vamos, Luana — disse Fernando, puxando-a pelo braço.

— Meninos, vou me acomodar no lugar destinado para gente, com licença — disse Luana.

O playboy olhou esnobe e saiu sem falar nada.

Foram para um lugar de onde tinham a visão da gente, e a gente também tinha a visão deles.

A hora mais esperada do dia chegou, o mediador apresentou os participantes.

— Do meu lado esquerdo, se encontra o senhor Mauro, sociólogo e escritor do best-seller *Há Quatrocentos Anos Plantamos Sem Colher*, ao seu lado está Flávio, dono da maior construtora desse país. Do lado direito está o comandante Rocha da polícia do Estado e ao seu lado o religioso Paulo.

O debate seria uma prova de fogo para Mauro, porque Flávio, Rocha e Paulo eram amigos, a empreiteira de Flávio realizou a obra no templo de Paulo e um dos batalhões do comando de Rocha fazia segurança especial no templo, em dias de cultos.

O mediador deu início ao debate.

— Com a palavra o senhor Paulo.

— A minha pergunta vai para o Mauro, eu, como servo de Deus, condeno a sua prática religiosa, que é coisa do demônio. Na página 53 do seu livro, você fala que é filho de Ogum, isso é um pecado tremendo, você está clamando por um demônio, o que me diz sobre isso?

— Boa noite a todos, primeiramente queria agradecer ao senhor por ter adquirido meu livro — disse Mauro sorrindo — pecado é o senhor falar que é servo de Deus quando na verdade se serve dele, para enriquecer e destruir, como fez com mais de 5 mil famílias que tirou do local onde foi construído seu templo, não me venha falar que é de Deus, porque foi você que construiu, portanto é seu! Aquelas famílias tinham um acordo com a prefeitura, inclusive tinham pagado duas parcelas do terreno, mas você com a sua influência as tirou de lá. O senhor, como servo de Deus, assim como diz, devia saber mais que ninguém respeitar o próximo, uma coisa que não faz. E respondendo a sua pergunta: Ogum[1] é um Orixá das religiões de matriz africana, como a umbanda e o candomblé, considerado um guerreiro forte e feroz, associado à ferraria e à criação de ferramentas e armas de ferro. É o Orixá que abre caminhos e defende seu povo, lutando contra a injustiça. No catolicismo, Ogum é representando por São Jorge. Não é incomum que seres de tradições africanas sejam representados por santos católicos, já que durante a colonização no Brasil o culto aos Orixás era proibido. Por isso, os escravos passaram a associar muitos dos Orixás aos santos católicos. Nas religiões de matrizes africanas as pessoas são guiadas por alguns Orixás. O chamado Orixá de cabeça é aquele pelo qual

---

[1] OGUM. **Significados**, 2020. Disponível em: https://www.significados.com.br/ogum/. Acesso em: 1 ago. 2022.

as pessoas se denominam filhos. Ogum² enfrentou toda uma corte para mostrar que a verdade é aquela proveniente da palavra divina e só a ela cabe julgar de forma justa qualquer vida. E não um pecador como você.

Junto dessa fala a plateia foi ao delírio com as palmas.

— Paulo, você, como "servo de Deus", como diz, como pode pregar tanto ódio às religiões de matrizes africanas, aos homossexuais, às prostitutas e a tantas outras pessoas que não fazem parte da sua doutrina?

— Mauro, você é uma pessoa que distorce tudo, tá na bíblia "[...] se um homem tem relações sexuais com outro homem, assim como se tem relações com uma mulher, ambos fazem algo detestável. Sem falta devem ser mortos. O próprio sangue deles está sobre eles [...]", tá em (Levítico 20:13)³.

— Caro Paulo, vocês querem fazer da bíblia a constituição deste país, quando na verdade vocês mesmo não seguem quase nada que está escrito nela, como diria o filosofo Karl Popper, "a tentativa de trazer o céu para a terra invariavelmente produz o inferno"⁴. E vocês, Paulo, são os causadores do inferno na vida de muitos, com esse preconceito sem fim. Se Jesus voltasse hoje seria chamado de comunista por vocês, porque ele andava e ajudava os fracos, os oprimidos e vocês condenam essas práticas veementemente, portanto vocês matariam Jesus sem titubear.

— Vocês têm que queimar no fogo do inferno com essas práticas demoníacas — disse Paulo.

— Vou orar por você, seu coração anda muito amargurado — disse Mauro sorrindo — Como cidadão queria entender a forma de abordagem da polícia do Estado, ser tão diferente em alguns locais, Rocha? — perguntou Mauro.

— Seja mais claro na sua colocação, cidadão — disse Rocha visivelmente irritado.

— Quer que eu te chame de senhor ou você? — perguntou Mauro sorrindo como de costume — é justamente essa diferença de tratamento que estou dizendo, quando você e a sua polícia fazem abordagem na favela,

---

[2] VIVEIROS, Juliana. Tudo Sobre Ogum: O Orixá Ferreiro e Grande Guerreiro. **Iquilibrio**, 2020. Disponível em: https://www.iquilibrio.com/blog/espiritualidade/umbanda-candomble/tudo-sobre-ogum/. Acesso em: 5 ago. 2022.

[3] BÍBLIA. Português. Tradução do Novo Mundo da Bíblia Sagrada. Cesário Lange: Associação Torre de Vigia de Bíblias e Tratados, 2014. 205 p.

[4] KARL POPPER. **Pensador**, 2020. Disponível em: https://www.pensador.com/frase/MTU2MzEyNw/. Acesso em: 1 ago. 2022.

vocês reprimem e exigem que sejam chamados de senhores, mas quando estão em bairro nobre, das pouquíssimas vezes que fazem abordagens, pedem até licença para revistar os filhinhos de papai, queria saber o porquê?

— Simples, cidadão, não podemos pedir licença pra vagabundo! — disse Rocha.

— Que resposta mais vazia, comandante, como pode fazer uma afirmação tão preconceituosa, então para o senhor e a sua polícia todos que moram em uma favela são bandidos e merecem esse tratamento truculento e hostil da sua polícia? Que fique bem claro uma coisa para o senhor, comandante, mesmo se fossem todos bandidos, neste país existe uma coisa chamada lei e uma constituição com direitos e deveres em que todos os cidadãos devem cumprir, vocês, polícias, insistem em colocar medo e pânico na sociedade periférica, quando na verdade teriam que conquistar o respeito dos moradores, coisa que eu vou partir desse plano e não vou presenciar — disse Mauro.

— A polícia do meu comando só vem diminuindo a criminalidade na cidade, acabando com os bandidos, não é uma pessoa como você, um comunista metido a besta que vai me ensinar como comandar meus homens.

— Senhor comandante, se está sendo truculento comigo em rede nacional imagino o que os seus comandados não fazem nas ruas, o senhor está alterado sem necessidade, está até me chamando de comunista, falta argumentos, esses são arcaicos, esperamos uma polícia mais eficiente, séria e honesta em que a população possa confiar e acima de tudo respeitosa.

Eu olhava atento e encantado para Mauro, a maneira como argumentava, aquela oratória me deixava fascinado, e a minha admiração por ele só aumentava.

— Você anda com os sem terras, um bando de vagabundos que fica invadindo as terras alheias. Isso é crime! — disse Flávio.

— Boa noite, caro Flávio, vivemos tempos difíceis, e infelizmente nada mudou a respeito de distribuição de terras no Brasil, a história se manteve inalterada nos últimos 20 anos, com quase a metade das propriedades rurais nas mãos dos grandes fazendeiros, segundo um estudo divulgado pelo Instituto Brasileiro de Geografia e Estatísticas (IBGE). Você vai me dizer que lutou pra conquistar o seu império, eu não vou discordar, batalhou pra isso, mas a mente de uma sociedade colonizadora e capitalista é justamente essa, apenas enriquecer os grandes e praticamente escravizar os pobres. Como dizia o grande antropólogo Darcy Ribeiro "somos o país em que os ricos mais monopolizam e em que os pobres menos veem as riquezas que produzem". Não existe distribuição de terras nesse país. Reforma agrária, tenho certeza que vocês não querem nem ouvir falar esse nome, portanto o meu papel é ajudar sim as famílias desamparadas e ocupar as terras improdutivas, essas famílias só querem um lar para morar, dignidade, não querem nada de graça e sim pagar por um canto.

— Se querem esse canto vão trabalhar pra conquistar — disse Flávio visivelmente irritado.

— Caro Flávio, se eu fosse o senhor teria vergonha de falar em meritocracia em um país como nosso, tão desigual e sem oportunidades. Esse império todo que construiu, o senhor acha que eu não sei que foi com dinheiro público, muitos políticos amigos do senhor deram dinheiro do povo em troca de benefícios e favores, é muito fácil vir aqui em rede nacional falar em méritos. As obras que a sua construtora faz destroem famílias, vocês e os seus amigos acabaram com toda uma aldeia dos índios Pataxós na construção da Hidrelétrica Felicidade que vocês alegam que ia ter água diária para todas as cidades daquela região, essa obra está parada faz cinco anos e ainda me vem falar em crime?

— Os tempos mudaram, seu comunista, estamos trabalhando para construir um país melhor, com mais emprego e cidadãos de bem. Pessoas como você, que só falam em distribuição de renda, têm que ir embora pra Cuba — disse Flávio.

— Até que demorou pra lembrar de Cuba — disse Mauro sorrindo, só fica atento porque eu sei dos seus passos e das falcatruas da sua empresa.

— Está me ameaçando? — perguntou Flávio.

— Jamais, Flávio, não é da minha índole, apenas dizendo que eu sei o que acontece ao meu redor.

Ouve um misto de aplausos e vaias no final do debate.

Mauro se levantou e foi cumprimentar os seus oponentes que conversavam ao lado da mesa do mediador.

— Temos que tirar esse comunista do nosso caminho — disse Flávio.

Eu fui ao encontro do meu amigo e lhe dei um abraço que nunca havia dado em ninguém.

— Obrigado por me representar e dizer tudo que eu e meu povo sempre quis que alguém falasse, você deixou aqueles três acabados, a cara que eles faziam com as suas argumentações eram as melhores, quero ser igual o senhor — eu disse sorrindo.

— Garoto, fico muito feliz em ouvir todas essas palavras, no que depender de mim, você vai se tornar um orador como deseja. Foi uma noite linda, acho que fomos bem — disse Mauro sorrindo.

...

Luana também gostou da performance de Mauro e ficou encantada, a maneira dele se portar diante daquele bombardeio e manter toda aquela serenidade, coerência e sabedoria a fascinou.

Só que a noite dela não seria muito boa, o namorado e o sogro estavam muito nervosos com o resultado do debate.

— Está feliz com o que aconteceu, seus amigos devem esta, né? — perguntou Fernando furioso.

— Acho que estão sim, afinal o amigo deles foi super bem, sereno em tudo que disse, só falou verdades — disse Luana.

— Tá querendo dizer que meu pai é um bandido?

— Em qual momento eu disse isso? Se ele for mesmo, logo o Mauro vai provar, porque ele falou tudo com uma certeza absurda.

— Não quero discutir com você por conta de um comunista de merda — disse Fernando.

— É assim que você trata as pessoas que lutam por justiça e igualdade? — perguntou Luana.

— Justiça nesse país é dinheiro, poder, Luana, entenda isso, meu pai é a lei, a justiça, sabe por quê? Porque somos milionários!

Depois do debate eles iam jantar juntos, só que Luana pediu para Fernando a deixar em casa, não estava a fim, foi o que deixou o rapaz mais nervoso ainda.

— Você e essa sua mania de pobreza, tem que agradecer que tem eu na sua vida.

— Sabe de uma coisa, Fernando, já estou de saco cheio dessas suas insinuações comigo e achar que você e seu pai são deuses.

Luana desceu do carro e foi para sua casa.

CAPÍTULO 5

Na manhã seguinte no trabalho eu percebi a Luana pensativa e na hora do almoço perguntei se ela estava bem.

— Tá tudo bem com você, Luana?

— Estou sim, Mateus, só estou um pouco triste e pensativa com algumas coisas que estão acontecendo, mas nada demais, afinal de contas, quem não tem problemas, né?

— Se quiser conversar, estou aqui — eu disse.

— Obrigado Mateus!

— O que você achou do debate ontem, Luana? — eu perguntei empolgado.

— Mateus, o que foi aquilo, seu amigo é muito bom, ele acabou com o meu sogro e aqueles dois, que homem inteligente.

— Verdade, o Mauro acabou com eles, posso estar errado, mas senti um pouco de medo em relação com o que pode acontecer com ele, receio de alguma represália da parte deles, não confio nesses homens, sei que é seu sogro, mas preciso falar — eu disse.

— Tudo bem — disse Luana.

— Mateus que horas você vai embora hoje, posso ir com você?

— Claro, Luana, vou às 18h.

— Tá bom, eu te espero — disse Luana.

Luana queria ir embora comigo, porque queria conversar, e eu era uma pessoa discreta e confiável.

— Mateus estou pra baixo esses dias, por conta do Fernando, ultimamente ele vem me tratando bastante mal, com uma soberba terrível, não sei o que eu faço.

— Posso te falar uma coisa, seu namorado é um rapaz mimado, sempre teve o dinheiro do pai para salvar ele das besteiras que faz, não vou falar pra você dá um basta nisso, não tenho esse direito, mas é melhor você começar a rever os seus conceitos, colocar na balança às coisas boas e as coisas ruins que esse ser faz para você. Você é uma moça linda por dentro e, com todo respeito, por fora também, você precisa dá um rumo na sua vida, porque está perdendo o brilho do seu olhar, do seu sorriso encantador, e eu não estou gostando — eu disse sorrindo.

— Você não existe, Mateus, você é um amor de pessoa!

— Que isso, impressão sua, sou ruim pra caramba, vou começar a praticar algumas coisas que estou aprendendo no livro *A Arte da Guerra*, de Sun Tzu, toma cuidado comigo.

— Como você é besta, admiro essa sua busca incessante por conhecimento, isso prova o quanto quer vencer.

— Perdi tempo demais, sendo motivo de piada nos serviços por onde passei, na escola então, nem se fala. Às vezes davam risada de mim, só que agora ninguém mais dá risada de mim, não deixo mais, não fico brigando, só faço como Desmond Tutu fala: "meu pai sempre dizia, não levante a sua voz, melhore os seus argumentos", essa é a minha briga de agora em diante, eles querem ver a gente partindo para agressão, pra perder a razão, aprendi que isso não compensa, só respondo à altura agora.

— Tá certo, te admiro cada vez mais por essas e outras — disse Luana.

— Agora me promete que vai pensar nas coisas que estão acontecendo na sua vida e tomar uma decisão?

— Sim eu preciso dá um jeito nisso tudo!

...

O jantar da noite anterior teve muitas discussões, Flávio, Paulo, Rocha e Fernando não estavam acreditando no que tinha acontecido.

— Aquele comunista de merda vai ter o que ele merece — disse Flávio.

— Como pode, rapazes da alta sociedade, influentes, não terem argumentos para acabar com um sonhador como ele, um verdadeiro quixotesco — disse Fernando.

— Não sei o que está falando, você não presta pra nada, só para usar o meu dinheiro e pra ajudar a sua namorada que é amiga daquele esquerdista — disse Flávio com fúria nos olhos.

— Amiga não, pai, os meninos que trabalham com ela que são conhecidos dele, o senhor vai se orgulhar muito de mim ainda.

— Você fazer algo pra eu me orgulhar? Difícil viu — disse Flávio, fazendo todos sorrirem, menos Fernando.

Fernando ficou com uma revolta grande daquela situação, não parou de pensar na maneira como o pai tinha falado que ele não prestava para nada.

CAPÍTULO 6

Eu e Luana tínhamos algumas coisas em comum, uma delas era correr. Perto da livraria onde trabalhávamos tinha um parque, passamos a correr quase todos os dias depois do expediente, combinando até de corrermos a meia maratona. A corrida e a leitura era uma terapia pra gente esquecer todas as coisas ruins do dia a dia.

Certo dia, após a nossa corrida, aconteceu um fato muito louco, porém corriqueiro pra mim, terminamos a corrida de 10 km no parque, na volta pra casa entramos no ônibus e passamos para o fundo, tinha um lugar no último banco, eu pedi para Luana sentar, fiquei de pé de frente com ela, ao lado de uma mulher branca que estava sentada, eu percebi que a mulher ficou incomodada, tipo com uma agonia interminável, não deu outra.

— Você pode sair daqui, está me incomodando — disse a mulher.

Na hora eu entendi muito bem o que estava acontecendo.

— Se está incomodada sai daqui você — eu disse.

Nessa mesma hora a Luana também entendeu o que estava acontecendo, me empurrou e fico de frente para mulher.

— Escuta aqui, sai daqui você, sua racista nojenta, gente da sua estirpe tem que ir para a cadeia.

— Ele não me ajudou, não saiu de perto de mim — disse a mulher.

— Espera aí que eu vou te ajudar agora mesmo, vou meter a mão na sua cara, você vai melhorar rapidinho!

Foi quando eu segurei Luana para não acontecer o pior, se bem que eu queria que aquela branca tomasse um corretivo, ela desceu do ônibus apavorada.

— Vai se tratar, sua doente, que absurdo isso, coisa mais nojenta que existe, sabe quando isso vai acabar pessoal? Nunca, porque vocês acham esse tipo de coisa normal, são todos coniventes com esse mal que sempre existiu, assistem uma cena como essa e ficam todos calados, a sociedade é culpada desse racismo sem fim.

— Vamos descer, Luana, pra respirar um ar, tá tudo bem, já passou — eu disse.

— Como assim já passou, você não pode aceitar isso.

— Quem disse que aceito? Eu convivo com isso diariamente, isso só vai acabar quando as pessoas brancas começarem a pular na frente, pararem de falar que é vitimismo dá nossa parte e enxergar os privilégios que têm.

Caminhamos mais um pouco e fomos embora. Luana falava do meu jeito calmo e atencioso com todos ao meu redor, e eu não parava de pensar naquela cena horrível dentro do ônibus, o silêncio das pessoas, fazendo eu me sentir culpado por aquela situação, tendo também a certeza de que eu não vou ver o fim do racismo, mas jamais vou parar de lutar e não serei subserviente a ninguém.

Quando Luana chegou na sua casa, decidiu ligar para Fernando.

— Quero conversar com você amanhã.

— O que aconteceu? — perguntou Fernando.

— Amanhã a gente se fala.

— Não pode falar agora?

— Não — disse Luana.

Então ele desligou o telefone na cara dela.

— Que moleque mais mimado esse, preciso dá uma basta nisso, chega, ele se acha um verdadeiro intocável, sempre teve tudo que queria desde criança.

Naquela mesma noite, depois do telefonema de Luana, Fernando mandou mensagem para uns amigos playboys e decidiram ir para uma boate de luxo em Moema, subiram cada um com uma garota para os quartos e se deliciaram com as profissionais.

...

Depois daquele debate incrível, Mauro foi convidado para trabalhar em um jornal muito conceituado, virou colunista semanal, para o terror de muitos, principalmente de Flávio, Paulo e Rocha.

Veio contar a notícia pra mim, que seria o novo colunista do jornal Juntos Venceremos.

— Garoto, fui convidado para trabalhar no jornal que você lê todos os dias.

— Mentira, é sério, mestre? — perguntei.

— Claro que é verdade, garoto!

— Quer dizer que um dia eu vou conhecer a redação?

— Lógico que vai, se estiver disposto vai aprender muito mais — disse Mauro.

— Eu te amo, mestre, o senhor mudou a minha vida, me apresentou os livros, está me ensinando a enxergar além do que eu vejo, muito obrigado, sou eternamente grato ao senhor — eu disse.

— Que isso, garoto, só mostrei que você pode. Eu também te amo, tudo que eu faço é por jovens como você, tenho certeza e posso ir tranquilo, porque sei que você vai dar continuidade no legado, que é combater a desigualdade neste país.

— Não diga bobagem, mestre, o senhor só vai para o outro plano velhinho, tem muito lenha para queimar aqui — eu disse, e caímos na gargalhada.

O primeiro artigo de Mauro foi uma crítica para a sociedade e as autoridades com o título:

Até Quando?[5]

Até quando? Vamos perder nossos jovens pra criminalidade?

Até quando? Seremos omissos com atrocidades cometidas na nossa cidade?

Até quando? Calaremos diante das injustiças de pessoas más e seus abusos de autoridade?

---

[5] ALVES, Marcel. **IBeReTIALA**: O começo de um sonho. 1. ed. São Paulo: Editora Independente, 2020. 28 p.

Até quando? Iremos ouvir discursos que políticos são todos ladrões, que o Brasil nunca vai mudar, quando na verdade essa melhora tem que partir da gente pra nação prosperar.

Até quando? Deixaremos de tirar vantagem no dia a dia, nas filas, no trânsito, nos assentos prioritários no transporte público, não querendo ver que isso também é uma corrupção.

Até quando? O Estado vai sucatear a educação, deixar de tratar a saúde como comércio, perceber que é um dos maiores genocidas, especialista em assassinar pessoas que vão esperar dos exames mais simples aos mais complexos.

Até quando? Falaremos de respeito se não respeitamos pessoas de outras religiões?

Até quando? Haverá tratamento diferenciado pra pessoas por conta de suas profissões?

Até quando? Mulheres serão desrespeitadas nas ruas, no trabalho e dentro de uma condução?

Até quando? Índios lutarão por demarcação?

Até quando? Vamos espancar ou até mesmo matar homossexual por conta da sua orientação?

Até quando? Crianças irão pra escola só pensando na refeição?

Até quando? Deixaremos de falar que racismo é mimimi e que acabou junto com a escravidão?

Até quando? Vamos lutar por respeito ao próximo independente da sua condição?

Até quando? A palavra igualdade será tratada como se fosse coisa de outra dimensão?

Até quando? Seremos julgados por usar bermuda e chinelo sendo taxado como ladrão?

Sendo que os verdadeiros ladrões usam ternos de grifes e estudaram nas melhores escolas, só para roubar o dinheiro de toda população?

Mas temos um novo amanhã, que nos dá força pra lutar com a certeza que iremos triunfar nessa missão.

Terminou o artigo dizendo: "façam uma reflexão".

Quando eu li o jornal, mandei uma mensagem para Luana.

— Oi, moça. Você comprou o jornal Juntos Venceremos hoje? — eu perguntei.

— Oi, Mateus. Ainda não comprei, por quê?

— O Mauro estreou hoje como colunista, tá muito bom o artigo dele.

— Vou até a banca pegar um pra mim!

Luana foi até a banca de jornal, comprar um pra ela, quando leu ficou estupefata com tamanha grandeza e inteligência de Mauro, leu o jornal e o deixou no centro de sala.

Naquele mesmo dia Fernando ia até a casa dela para eles conversarem.

Quando chegou na casa de Luana, ela estava tomando banho, sentou-se no sofá, pegou o jornal para folhear, deparou com o artigo e ficou furioso, achando uma afronta para o seu pai e seus amigos.

Quando Luana entrou na sala, Fernando foi logo dizendo:

— Luana o que significa esse jornal e essa matéria de quinta aqui na sua casa?

— Primeiramente, boa noite, seu mal-educado e segundo, não sabia que tenho que lhe dar satisfação sobre jornal que eu sempre leio, gostou do artigo do Mauro, leu ao menos? — perguntou Luana em um tom irônico.

— Você está tirando uma com a minha cara só pode, esse cara é inimigo número um do meu pai e dos amigos dele e você me vem com esse papo?

— Ele é inimigo de vocês, não meu, pelo contrário, admiro demais o ser humano e o profissional que ele é.

— Você está louca, só pode, eu ainda dou um jeito nesse sujeito e no seu amigo — disse Fernando fora de si.

— Não fala bobagens Fernando, para de gritar porque eu não sou surda e não tolero que homem nenhum grite comigo.

"Por essas e outras que eu estou cansada de você, pedi pra vir aqui porque quero colocar um ponto final na nossa história, cansei dessa sua empáfia, você pensa que o mundo gira em torno de ti, as coisas não funcionam do jeito que você quer, acorda pra vida, cresce, rapaz, deixa essa sua arrogância de lado e passa a respeitar a opinião do próximo.

— Você não pode fazer isso comigo, Luana — disse Fernando.

— Não dá mais pra gente continuar, cansei, Fernando.

— Já sei, tem outro na jogada e você não quer me falar, se eu descobrir eu mato ou mando matar.

— Tá vendo por que não dá? Você acha que é dono de mim e do mundo.

— Mas eu posso achar, eu sou milionário!

— Chega, Fernando, pra mim deu, agora, por favor, vai embora.

— Tenho certeza de que tem algum cara no seu emprego, é por essas e outras que eu sempre defendi que mulher minha não trabalha.

— Eu nunca fui sua, até porque eu não sou terra pra você ter posse de mim, desde criança aprendi que homem nenhum ia mandar em mim, como você já tentou fazer algumas vezes, querendo proibir eu de usar determinada roupa ou impor uma saída minha, esse seu machismo não tolero mais.

— Você vai se arrepender de fazer isso comigo, Luana, mas vai ser tarde, escuta o que eu estou te falando.

— Fica em paz, Fernando, minha decisão está tomada, espero que você amadureça e cresça, porque foram essas suas atitudes que continuaram a minha decisão.

Fernando foi embora da casa da Luana com muita raiva.

...

Eu contei para Mauro sobre alguns episódios que tinha acontecido comigo e com a Luana.

— Garoto, desde o primeiro dia que eu vi essa garota que eu te falei, a forma como ela olhou pra você — disse Mauro sorrindo.

— Mas, mestre, nosso relacionamento nunca vai dar certo, será como o amor de Tisbe e Píramo, nossos pais não vão aceitar, por alguns motivos, nossa condição social, ela é branca eu sou negro, a família dela é de uma religião diferente da nossa, jamais iam aceitar. O Carlos namorava a Debora uma garota linda, ela tem um black a coisa mais linda, o pai dela não aceitava, imagina o pai da Luana.

— Como o pai dela não aceitava?

— Sim, mestre, ele sofreu bastante, não entendia como um homem negro podia pensar como ele, falava que a filha dele não ia casar com negro nenhum, qual futuro ela teria. Ele é um senhor muito inteligente, fez muitas faculdades, sempre indiretamente jogava na cara do Carlos que ele não era capaz, e aquilo fazia ele se sentir de fato.

— Garoto, como você disse, ele é muito inteligente, tudo bem, mas vou te explicar uma coisa, saber e sabedoria são coisas completamente diferentes, o saber qualquer um pode adquirir, tá nos livros, sabedoria é um pouco mais complexo, é a vivência do dia a dia é pensar no coletivo, deixar o individual de lado. O irmão Malcolm falava muito sobre os pretos que queriam impressionar os brancos, "ele falou que uma vez em uma universidade 'simbolicamente integrada' encontrou um professor-assistente preto Ph.D. que jamais esqueceu. Ele o deixou tão furioso que ele já não podia mais pensar direito".[6]

> Nossos 22 milhões de pretos privados de instrução precisavam desesperadamente de toda a inteligência que ele possuía. Mas, ao invés de dar a sua contribuição, lá estava ele como uma mosca no leite, entre os seus "colegas" brancos...e estava tentando me arrasar! Estava alegando que eu era um "demagogo divisionista" e um "racista contrário". Eu sacudia a cabeça querendo dar uma lição naquele idiota. Finalmente levantei a mão e ele parou de falar.
>
> Sabe como os racistas brancos chamam os pretos que são Ph.D.?
>
> — Creio que não estou a par disso — disse o homem.
>
> Era um desses negros que gostam de falar direitinho. E eu aproveitei para berrar a palavra que o liquidou de vez:
>
> — Nigger!

— Malcolm X era demais, mestre — eu disse.

— Isso acontece a todo instante, garoto, esse ex-sogro do Carlos é um desses, mas eu não o culpo, essa sociedade imunda fez isso com ele, fazendo ele pensar como colonizador, isso é um mal que temos que descontruir diariamente.

---

[6] X, Malcolm; HALEY, Alex. **Autobiografia de Malcolm X**. 2. ed. Rio de Janeiro: Editora Record, 1965.

Garoto sei o que está sentindo, eu te conheço o suficiente pra saber que está gostando dessa garota — disse Mauro sorrindo como de costume.

— Que isso, mestre, não estou gostando de ninguém, só quero estudar, lutar pelo meu povo.

— Fico orgulhoso ouvindo você falar assim, quero que saiba que estou aqui pra te apoiar nas suas decisões, sejam elas quais forem.

— Não sei o que seria de mim sem o senhor. Mestre comecei a fazer uns versos, fiz o meu primeiro, gostaria que o senhor desse uma olhada, seja sincero comigo, o senhor sabe que a sua opinião é muito importante pra mim.

— Olha que maravilha, começou escrever e nem me contou, como você me faz feliz com essa notícia. Não vai ler os versos pra mim?

— Vou sim, mestre!

— É sobre o que os seus versos?

— Malcolm X! — eu disse com um sorriso de orelha a orelha.

— Que responsabilidade, fazer os primeiros versos do irmão Malcolm, comece a ler garoto.

— Começa assim, mestre, o título é esse:

O Mestre e Sua Lenda[7]

Malcolm X um homem poderoso de uma oratória e um sangue revolucionário.

Capaz de mudar uma era e o pensamento da humanidade.

Era tido por alguns um tremendo demagogo.

Mas na verdade só queria igualdade para o seu povo.

No fundo queria paz, justiça e integridade, assim se tornaria um mártir por liberdade.

Mas se recebesse um tapa na cara, ele diria: devolva outro na mesma agressividade.

Quando foi para cadeia passou por terríveis pesadelos.

Quando conheceu os livros, viu que poderia mudar o Harlem inteiro.

---

[7] ALVES, Marcel. **IBeReTI ALA**: O começo de um sonho. 1. ed. São Paulo: Editora Independente, 2020. 16 p.

De Havard a Columbia, sem estudo acadêmico e sem dinheiro, acabou com todos os seus oponentes de um modo verdadeiro.

Quando criança, seu sonho era ser advogado.

Seu professor lhe disse: que ele jamais seria um, que negro nasceu pra ser mandado.

Provou que ele estava errado.

Ensinando todos no Harlem, que negro é ser humano e nasceu para ser respeitado.

Malcolm X, um homem que jamais será esquecido sempre será lembrado.

Muito obrigado por ter deixado esse legado.

Mas a luta continua, por esse preconceito que não vejo um fim exato.

Sempre aquele velado.

O pior que existe.

Mas luto para ele ser exterminado.

— Sensacional, garoto, muito bom esses versos, que tal em um futuro próximo lançar um livro? Eu te oriento.

— Sério isso, mestre?

— Claro garoto, acha que eu vou brincar com uma coisa dessa? Basta continuar na luta que eu tenho certeza que vai triunfar.

CAPÍTULO 7

Eu fui mostrar os meus versos que havia escrito para Tiago, mas percebi que ele estava muito pra baixo.

— O que tá pegando, mano, por que você está com essa cara?

— Tá rolando uns problemas lá em casa, mano, eu nem sei mais o que fazer.

— O que está acontecendo, mano?

— O marido da minha mãe, veio me agredir e deu um prazo pra eu sair de casa — disse Tiago.

— Tá louco, mano. Que viagem é essa!? — eu perguntei furioso.

— Eu preciso te contar, mano, não aguento mais conviver com essa angústia sem compartilhar com ninguém, se bem que ele descobriu e bateu em mim e na minha mãe, falou que ela estava acobertando safadeza.

— Esse maluco tá tirando, bater em você e na sua coroa, o que aconteceu mano?

— Eu sou gay, Mateus! — disse Tiago.

— E que mal tem isso, mano? Você acha que eu nunca tinha percebido, respeitava e esperei o momento, a hora de você achar que tinha que compartilhar comigo. Mas, mano, sua mãe não fez nada, vai continuar com esse cara?

— Minha mãe sempre foi subserviente a ele, quando meu pai morreu eu era muito pequeno, ela tinha medo de não conseguir segurar a barra comigo, foi ai que ele se aproveitou disso e até hoje está com ela, mas eu convivo com o terror desde criança com esse cara, ele sempre bateu em nós dois, quantas vezes eu já pensei em tirar a minha própria vida ou a dele, só pra eu ter um sossego, agora ele deu esse prazo pra eu sair de casa, porque viado nenhum vai morar na casa dele, como ele diz.

— Por que você não me falou isso antes mano?

— Porque eu sabia que você ia querer se envolver, não quero levar confusão pra você — disse Tiago.

— Isso não vai ficar assim não, mano, não posso permitir, a gente cresceu juntos, eu, você, a Laura e o Carlos, prometemos correr sempre um pelo outro, desde criança.

— Mas dessa vez você não pode fazer nada, Mateus, eu vou procurar uma casa perto do nosso trampo pra alugar.

— Se for isso que você quer, beleza, mano, mas se for por conta da imposição desse maluco você vai ficar — eu disse furioso com aquela injustiça.

— Eu não quero sair daqui, mas eu não aguento mais esse cara humilhar eu e a minha mãe, então prefiro ir embora.

— Então você vai ficar, mano, e esse maluco vai aprender uma lição — eu disse.

— Você vai fazer o que? — perguntou Tiago.

— Eu não vou fazer nada, vou falar com os meninos da caminhada, trocar umas palavras com ele.

— Deixa isso pra lá, Mateus, não quero violência.

— Aí vai depender dele, mas fica tranquilo, porque ele sabe onde pisa — eu disse.

— A minha mãe teria um treco só de pensar que alguém encostou nesse canalha, ela ama mais esse nojento do que o próprio filho, às vezes eu tenho essa impressão — disse Tiago cabisbaixo.

— Não fala bobagens, mano, lógico que a tia te ama — eu disse. De boa, mano, primeiro vai ser só uma conversa, ele vai ser responsável pelos atos dele. Eu nunca fiz nada de errado, mas sempre tive o respeito de todos na quebrada, principalmente dos manos da caminhada, o dono da vila, estudou comigo desde criança, erámos bem próximos, o Everton viu a polícia matar o pai que era traficante na sua frente aos 14 anos, sua mãe morreu alguns meses depois de overdose, ela se afundou nas drogas depois da morte do marido. Por conta da vida dos pais, dormiu muitas vezes em casa quando era criança.

Eu fui falar com os manos. Quando cheguei em um certo local, fui barrado, pediram pra eu esperar e me apresentar, Everton se tornou um perigo grande pra sociedade, mas não para a Vila, tinha o respeito da grande maioria dos moradores, não aceitava injustiça na quebrada dele, cobrava pesado quem andava no erro, por essas e outras vivia rodeado de soldados.

— Quem é você? — perguntou um soldado dele.

— Diz a ele que é o Mateus!

— Fala, Mateuzinho, tá sumido meu mano? — disse Tom.

— Quanto tempo, Tom, que a gente não se vê, saudade mano.

— Tá tudo bem com a tia?

— Tá sim, mano!

— Fala aí, mano, uns dias atrás vi você na televisão, naquele debate, aquele mano lá acabou com aqueles péla saco — disse Tom dando risada.

— O Mauro é meu amigo e professor também, me ensina todos os dias — eu disse.

— Curto o trampo dele, mano, ele olha para os fundão, defende os nossos, tenho até o livro dele, nóis tá nessa vida mas você tá ligado, eu sempre gostei de ler, já você não gostava de jeito nenhum, mas agora fiquei sabendo que tá pica também, isso aí, meu mano, tem que ganhar o mundo mesmo, falar por nóis da quebrada, dá um jeito nesse sistema podre que só pesa para um lado e nóis sabe bem qual, a polícia mesmo, o dia que acabar o meu dinheiro eles me matam e coloca outro no esquema pra fazer o deles também, toda semana é 20 mil pra eles. Mas vamos lá meu mano, sei que você não veio aqui pra ficar ouvindo isso, o que te trouxe até aqui? — perguntou Tom.

— Então, Tom, lembra o Tiaguinho que estudou com a gente, que os moleques sempre queriam bater nele, e eu e você não deixava?

— Lógico que lembro, as meninas se jogavam em cima dele, ele tinha uma vergonha do caralho — disse Tom.

— Pode crê mano, as meninas chegavam nele, nós só ficava olhando sem entender nada, mas com o tempo comecei entender, mas esperei ele vir falar comigo, mas ele nunca falou tá ligado, só me falou agora, ele é gay mano.

— Caralho, mano, só falou agora, esse mano deve ter passado um veneno com essa parada guardada todo esse tempo.

— Então, o padrasto dele, aquele metido a valentão tá ligado, que serviu o exército, tal de Chico?

— Sei mano, o que tem? — perguntou Tom.

— Deu um prazo pra ele sair de casa, uma surra nele e na coroa dele depois que descobriu.

— Ele tá loucão, querendo mandar na quebrada assim, ainda mais sem o moleque ter feito nada.

— Estou falando pra você, mano, o Tiago nem queria que eu viesse aqui, mas eu não podia permitir que isso acontecesse, ainda mais ele que não tem onde morar e sem querer deixar a quebrada.

— Vou descer lá agora mano, trocar ideia com esse maluco, tá tirando — disse Tom.

Fomos ao encontro do Chico, mas nem precisou irmos longe, Chico estava no bar do Neném, contando vantagem pra todos como era costume.

— Chico, faz favor, — disse Tom, com toda calma do mundo.

Chico veio resmungando, bem pra frente e valente como sempre.

— Que história é essa, meu senhor, de querer impor ordem na favela, querendo expulsar morador sem ter feito nada e nem ao menos vir falar comigo.

— Não tenho que falar nada com você, cidadão — disse Chico.

— Abaixa a sua bola e o tom da sua voz, se não essa ideia acaba agora mesmo e é você que vai sofrer as consequências, estou falando numa boa com o senhor — disse Tom olhando no olho de Chico.

Chico arregalou os olhos e respondeu:

— Aquele viado não vai morar na minha casa de jeito nenhum. O que as pessoas vão pensar de mim morando sobre o mesmo teto de um baitola?

— Baitola é o caralho, maluco. O negócio é o seguinte, vim trocar uma ideia tranquilo com o senhor, mas estou vendo que o senhor é muito valentão e com cara assim dou um jeito rapidão, tá ligado? — disse Tom — mesmo assim vou mandar a explanação, você que tá na casa do moleque, nóis era pequeno na época, mas você acha que os moradores mais velhos não passam a caminhada pra gente, nóis respeita todos, justamente para ser respeitado. A casa que você fala que é sua era do pai do Tiago, maluco, quando ele morreu você que foi morar lá, agora quer colocar o moleque pra fora? Nem fodendo. Vou te dá o papo bem resumido, você vai chegar na sua casa como você diz, vai pedir desculpa pro mano e respeitar a orientação dele, certo? Ter um convívio de respeito dentro de casa, se eu sonhar que você encostou a mão nele, quem vai sair de casa vivo ou morto vai ser o senhor, o papo tá dado, certo? Respeita as pessoas, maluco.

— Valeu mesmo, Tom — eu disse — a cara de medo desse covarde foi a imagem do dia.

— Que isso, Mateuzinho, se tem uma coisa que eu não aceito nessa vida é injustiça, ainda mais na nossa favela, se precisar, sabe onde me encontrar, vou deixar avisado para os meus soldados, se você me procurar, tem exclusividade — disse Tom que caiu na risada — porque eu sei que morreu de medo quando eles te barraram.

— Claro que fiquei com medo, você quer o que, um monte de maluco com fuzil na mão — eu disse sorrindo também.

— Vou deixar avisado que você é meu irmão, cachorro. Mateus, os moradores e o pessoal da associação estão organizando um evento na favela, eles vieram pedir pra eu fortalecer esse evento, e como você tá ligado que eu sempre curti essas paradas, tá ligado? A arte, vou chegar junto com eles, o nome do evento é a Arte Salva, vai ter sarau, filmes, shows e mais um monte de coisas. Quero que venha, é lógico, se você quiser, convida o seu amigo Mauro tá ligado, a galera vai gostar da presença dele. Sergio Vaz tá confirmado, Luiz Eduardo Soares também vem, a diretora Larissa Fulana de Tal, Djamila Ribeiro, um escritor americano que eu gosto também.

— Quem? — eu perguntei.

— Ta Nehisi Coates!

— Mentira, ele vem mesmo? — eu perguntei.

— Vem mano, tá confirmado também.

— Aquele livro dele, *Entre O Mundo E Eu* é sensacional mano — eu disse.

— Pode crê, só fala verdades. Agora estamos na luta pra trazer Mos Def ou Talib Kweli.

— O louco mano, vai ser foda esse evento, com certeza o Mauro vem.

— Estamos em contato com mais gente — disse Tom.

— Vai ser lindo. Agora vou nessa, meu mano, a gente se fala, valeu mesmo — eu disse.

— Que isso, Mateuzinho, precisar você tá ligado.

Nos abraçamos e fomos cada um para um lado.

CAPÍTULO 8

— Mateus, preciso falar com você na hora do nosso almoço — disse Tiago.

— Pode falar agora se quiser, meu serviço tá adiantado — eu disse.

— Ontem quando eu cheguei em casa, aquele ser desprezível veio falar comigo, me pediu desculpas, disse que eu posso ficar tranquilo e continuar morando em casa, aconteceu um milagre só pode, ele nunca falou assim comigo — disse Tiago.

— Aconteceu um milagre sim, o responsável por ele tem nome, foi o Tom que trocou ideia com ele, mandou o papo bem direitinho, que era pra ele pedir desculpas pra você, respeitar a sua orientação e não encostar a mão em você, caso contrário quem ia sair de casa vivo ou morto era ele.

— Ele não quis brigar ou falar alto com o Tom? — perguntou Tiago.

— Quis sim, com aquele jeito de valentão dele, tá ligado? Mas o Tom apavorou ele, deixou ele no sapato, você tinha que ter visto mano, a cara dele, foi a imagem do dia. Pode ficar tranquilo, meu mano, você só vai embora quando você quiser, ele levou um axé que o Tom só deu o papo nele, querendo expulsar morador da favela sem ter feito nada.

— Só falta a minha mãe ficar com raiva de mim agora, com certeza ele vai falar pra ela o que aconteceu, ou se não pra esses caras metidos a valente igual ele, nunca querem ficar por baixo da história — disse Tiago.

— Vai nada, mano, mas fica ciente que se ele encostar a mão em você novamente os caras vão arrumar uma passagem pra ele só de ida.

— Deus que me perdoa, mas estou gostando que eles foram falar com ele, uma pessoa que não respeita ninguém, quer resolver tudo na base da pancada, ainda bem que a minha mãe nunca teve filho com ele, pra não sofrer com um pai desse estilo — disse Tiago.

— E de resto, tá tranquilo? — eu perguntei.

— Tá sim, eu ia te contar mais tarde, mas vou te falar agora, eu me correspondo com um amigo que mora na França, ele fez uma proposta pra eu ir morar com ele, mas que eu não preciso dá a resposta agora, pensar com carinho pra não rolar arrependimento.

— E você falou o que, mano?

— Que vou pensar pra não tomar nenhuma decisão precipitada.

— Isso mesmo, mas qual for a sua decisão, estou com você, meu mano, você tá ligado.

— Lógico que sei, Mateus, você é um amigo leal, que preza de verdade a amizade, não mede esforços, te amo, cara.

— Vai vendo, já tomou a decisão de partir pra França, tá falando em tom de despedida — eu disse dando risada.

— Ainda não, só estou expressando o afeto e carinho que tenho por você.

— Eu também te amo, mano!... Tiago já que você vai pra França, me revelou a sua orientação sexual, tem um autor que eu acho ele foda, as obras dele são sensacionais, gostaria que você conhecesse, ele fala das relações de amor, das angústias.

— Quem é esse autor? — perguntou Tiago ansioso.

— James Baldwin, ele retrata o racismo, homossexualidade, depressão e amor, o cara é demais, sofreu com o preconceito racial e por ser gay, imagina o que ele passou Autoexilou-se na França, por um período, retornou para os Estados Unidos, pra combater o preconceito racial.

Tem poucas obras dele traduzidas pra gente no Brasil, são: *O Quarto De Giovanni*, *Terra Estranha* e *Se a Rua Beale Falasse*, esse último com adaptação para o cinema, vencedor de vários prêmios, inclusive o Oscar.

— Vou providenciar essas obras logo — disse Tiago.

— Na livraria tem, a gente pega com desconto por ser funcionário, olha que maravilha — eu disse.

— Que orgulho que eu tenho de você, Mateus, ver a sua evolução de perto, só faz a gente querer mais e mais.

Fico feliz por esse conhecimento que está adquirindo diariamente — disse Tiago — Agora me diz como está você e a Luana?

— Estamos na de sempre, mano, ela é minha companheira de serviço, não quero me envolver não, lembra o que o Carlos passou com o pai da Debora, né?

— Claro que lembro, passou um veneno — disse Tiago.

— Imagina os pais da Luana que são brancos, uma classe social melhor que a nossa, nunca pisaram em uma quebrada, vão mandá-la para o Japão — eu disse e caímos na gargalhada.

— Mas quando bate, sabe que não tem jeito, mano, dá pra ver que ela está a fim de você, te conheço bem, já percebi uma queda da sua parte também.

— Que isso mano, impressão sua, a gente só conversa, nos sentimos bem juntos — eu disse — e outra, ela é mina daquele playboy lá, herdeiro de uma das maiores construtoras do país, o maluco pode mover os céus por ela mano, eu não tenho nada pra oferecer pra mina, a não ser indicações de livros — eu disse sorrindo.

— Conheço a Luana, ela não liga pra luxo, nunca se apegou na grana daquele mimado — disse Tiago.

— Pior que isso me encanta nela mano, aquele jeito meigo, uma simplicidade sem tamanho, mas fica só no encanto mesmo — eu disse.

CAPÍTULO 9

Luana foi até o estoque dá livraria e me perguntou:

— Mateus, você vai fazer alguma coisa quando for embora?

— Não, por quê? — eu perguntei.

— Vamos passar na faculdade comigo, preciso resolver algumas coisas — disse Luana.

— Vamos sim!

— Mateus, terminei o meu namoro com o Fernando, tá sendo um pouco difícil, apesar do jeito horrível dele ver o mundo, eu tenho um carinho por ele.

— Esse carinho é normal, Luana, afinal, vocês ficaram bastante tempo juntos. Mas eu acho que vocês voltam, é questão de tempo.

— Não, Mateus, é sem volta, quando eu tomo uma decisão já era, protelei muito a tomar uma atitude, mas todos os dias ele vinha contribuindo para isso acontecer.

— Se você está bem, eu fico feliz Luana. Estou aqui pra te apoiar e te ajudar no que for possível.

Conforme íamos caminhando, parou um carro de polícia no nosso lado, nesse momento ouvimos a seguinte pergunta para Luana:

— Tá tudo bem aí, moça? — perguntou o policial.

— Sim, só não entendi o motivo da pergunta? — disse Luana.

Quem respondeu foi eu:

— É porque você é branca e está andando com um negro. Na visão deles, eu posso estar te roubando, sequestrando ou algo do tipo, não é mesmo? — eu disse olhando pra eles.

— Moleque, cala a boca, não fala besteira, aliás, vai pra parede — e desceram do carro.

— Que absurdo, isso é abuso de autoridade de vocês! — disse Luana.

— Só estamos fazendo o nosso trabalho, moça, com uma pessoa arrogante e petulante como é esse rapaz — disse o policial.

— Sou petulante porque respondi há pergunta que ela fez pra vocês?

— Cala a boca, seu moleque — disse o policial. Você já puxou cadeia aonde?

— Eu nunca puxei cadeia — eu disse olhando bem no olho dele.

— Tem certeza — insistiu o policial.

— Absoluta.

— Você é muito folgado, moleque — disse o policial.

— Me diz por que eu sou folgado, por que eu afirmei algo que não deixa de ser verdade?

— Se você ficar falando muito, vamos te levar pra delegacia por desacato, entendeu? — disse o policial — você está enganado seu moleque, é só uma abordagem de rotina.

— Sei bem essa abordagem de rotina de vocês, realmente é rotineira, sempre os mesmos — eu disse.

— Tá liberado moleque, pode ir embora. Moça toma cuidado com as ruas, são perigosas, mas se precisar, liga pra gente — disse o policial.

— Pode ter certeza que se eu precisar, o último lugar que vou ligar é pra vocês, com esse preconceito, essa repressão sem tamanho, de jeito nenhum — disse Luana.

— Bom, moça, a lei está aqui pra te proteger — arrancaram com o carro dando risadas.

— Sabe quando isso vai acabar, Luana? Nunca — eu disse — Enquanto houver uma polícia que oprime dessa maneira, esse tipo de abordagem, afirmando que você é bandido por conta da sua cor, não vejo fim.

— É gritante, é absurdo esse preconceito que sempre existiu nessa sociedade com o pensamento colonialista, as pessoas têm a coragem de falar que é mimimi.

— Mateus, confesso que fiquei com medo, quando você começou a responder à pergunta que eu fiz pra eles, mas a sua calma e os argumentos foram necessários, deixou eles sem ação alguma, que orgulho desse seu combate, seja com quem for, você é um lindo — disse Luana.

Morri de vergonha com aquelas palavras, mas não deixei de agradecer.

— Muito obrigado, Luana.

— Preciso te falar uma coisa já que confio em você, estou sentindo algo especial por uma pessoa.

— Aí sim, quem?

— Essa pessoa me encanta todos os dias, sempre me ensina algo indiretamente. Estou adorando conviver com ele, mas deixa esse assunto pra lá.

— Não, agora você vai falar quem é essa pessoa.

— Não, esquece esse assunto.

— Tudo bem, como você achar melhor — eu disse sorrindo.

— Quando eu falei com o Fernando que não dava mais pra gente continuar, ele disse que tinha certeza que existia outro na parada, se pegasse mandava matar ou ele mesmo faria isso.

— Esse maluco é um mimado, isso sim, acha que as coisas têm que funcionar da maneira que ele quer, filhinho de papai, nunca passou um veneno na vida, por isso que age dessa maneira. Soltar ele qualquer dia desses na favela, pra ele ver a verdadeira realidade da vida. Então não vou mais andar com você, a qualquer momento eu posso morrer, por estar ao seu lado — eu disse sorrindo.

— Como você é besta — disse Luana — Eu estava lendo o artigo do Mauro, deixei na mesinha perto do sofá. Quando eu saí do banho, ele estava com o jornal na mão, ficou puto por eu ter comprado, falando: "esse cara é inimigo do meu pai e dos amigos dele e você lê isso".

— Ele sabe que o meu amigo Mauro é uma pessoa do povo, tem influência, não se curva para o pai dele e nem para ninguém. Começou falar coisas que nunca pessoa alguma teve coragem. Eu acho perigoso, lógico que acho, mas eu faria o mesmo no lugar dele. Ele é a nossa voz contra as injustiças. Esses homens que se dizem probos só querem esmagar os menos favorecidos, com o poder que eles possuem. Se não tiver uma pessoa como o Mauro, estamos mais perdidos ainda.

— Concordo com você, Mateus, mas é muito perigoso.

— Eu sei, já falei isso pra ele, mas ele disse que essa é a missão dele, está disposto a morrer por essa causa, que tem certeza que plantou a semente, logo dará bons frutos, principalmente em mim, disse que essa sede de justiça que eu tenho é encantadora. Se vê muito em mim quando tinha a minha idade.

Por essas e outras que fala que não mede esforços para me passar conhecimento, porque sabe que vou dar sequência no trabalho que ele faz, sem TEMER a ninguém.

— Me dá até frio na barriga te ouvir falando assim, até porque eu não posso perder o meu amigo chato por nada nesse mundo — disse Luana sorrindo.

— Luana preciso te fazer um convite. Vai rolar um evento lá na favela onde eu moro, com várias atrações. Inclusive duas pessoas que você gosta já confirmaram presença, Sergio Vaz e Djamila Ribeiro.

— Ai meu coração, deu até tremedeira. Não acredito, sério?

— Claro que é sério! — eu disse — vai ser lindo, muitas atrações que vão ficar marcadas na história e na vida de muitas pessoas na quebrada. Vou falar com o Mauro, solicitaram a presença dele também.

— Claro que eu vou, Mateus. Quando vai ser?

— Não tem data definida ainda, mas pelo que os moradores estavam falando, não vai demorar muito — eu disse — e você vai colar na favela?

— Não vejo problema algum, afinal, vou conhecer o lugar que o meu futuro... ops! Deixa para lá — disse Luana sorrindo.

— Deixa para lá nada, pode falar.

— Nada demais, meu futuro escritor.

— Sei, você e essa mania de começar a falar as coisas e não terminar, então o convite está feito — eu disse — vamos até a outra quadra. Tem um açaí dos deuses. Quero que você experimente.

— Está me deixando mal-acostumada, me levando para conhecer esses lugares que tem comida — disse Luana.

— Você vai gostar!

— Tenho certeza que vou!

...

Luana se perguntava por que não tinha conhecido uma pessoa como Mateus logo nesse plano, de uma educação enorme, um respeito inimaginável com todos, a maneira de tratar todos como iguais, não importando as diferenças. O jeito que ele defendeu a tia que trabalhava na limpeza da livraria foi demais. Henrique era um colega de trabalho, metido a rico e muito arrogante. A tia Marcia tinha acabado de passar o pano no chão. Henrique não mediu esforços para sujar no mesmo instante que ela limpou. Mateus fez ele passar uma vergonha tremenda na frente de todos, inclusive dos supervisores que estavam na hora.

— É desse jeito que você faz na sua casa, maluco? A tia limpou agora. Você presenciou e está sujando. Ela não tem a obrigação de limpar essa sujeira que você fez de propósito.

— Ela tá aqui pra isso, se ela não tiver contente que peça para sair — disse Henrique.

— Olha como você fala, cara, tem que aprender a respeitar as pessoas. Ela não é a sua mãe e nem sua namorada, se é que as trata assim. Agora você vai fazer o seguinte, vai pegar o pano com ela e limpar toda essa sujeira que fez.

— Quem você acha que é pra me dá ordem, neguinho?

— Neguinho não, maluco, meu nome é Mateus, eu sou funcionário igual você, só que com uma diferença enorme, a de respeitar as pessoas, portanto faça o mesmo. Entrega o pano pra ele tia, por favor.

A tia Marcia olhava estupefata e encantada com aquele garoto, que fazia questão de ir conversar com ela todos os dias e entregou o pano para Henrique. Ele olhou para os supervisores que estavam vendo toda aquela cena e limpou.

Todos daquele dia em diante passaram a olhar Mateus com um olhar diferente, com respeito e admiração, principalmente Luana.

CAPÍTULO 10

Mauro ia até a redação do jornal em que trabalhava, me chamou para o acompanhar, disse que a coluna da semana ia denunciar um esquema de corrupção da construtora do Flávio.

— Não é perigoso, mestre?

— Perigoso é, garoto, mas a gente, que está nessa vida, se ficar com medo não saímos de casa. É como dizia o irmão Malcolm X, "justiça, liberdade e igualdade por qualquer meio necessário". Temos que batalhar pra mudar um pouco esse quadro de injustiça nesse país, garoto. Nosso povo sofre demais. Na música *Magico de Oz*, dos Racionais, Edi Rock fala exatamente isso, que as vezes ele fica se perguntando se Deus existe mesmo, porque o povo sofre demais e continua sofrendo até hoje, mas ele tem fé. Eu também tenho fé. Sem ela acho que não estaríamos mais nesse mundo.

"Já vai vendo, garoto. Se for escolher essa vida pra você, saiba que não podemos temer nada, ter em mente que a qualquer momento podem nos tirar desse plano, mas como eu já te disse anteriormente, temos que está disposto a morrer por uma causa, foi assim com Zumbi dos Palmares, José do Patrocínio, Luís Gama, o ex-escravo que se tornou um dos maiores, se não o maior advogado que esse país já teve; Maria Tomásia Figueira Lima, que lutou para adiantar a abolição no estado do Ceará; Adelina, a charuteira que atuava como espiã; Francisco José do Nascimento, o Dragão do Mar, jangadeiro que se recusou a transportar escravos para os navios; Maria Firmina dos Reis, a primeira escritora abolicionista do Brasil; Martin Luther King, Harriet Tubman, Malcolm X e tantos outros que lutaram pela causa com tanto afinco, alguns desses até perderam suas vidas."

— Sim, mestre, eles lutaram até o fim pelo progresso do nosso povo. Mestre, vai ter um evento na favela onde eu moro, pediram pra eu solicitar a presença do senhor. Todos lá gostam muito do trabalho que o senhor faz, eles dizem que o senhor é a voz deles.

— Você não sabe o quanto me deixa feliz em ouvir isso, garoto.

— Isso quer dizer que o senhor vai então?

— Claro que vou, garoto. Esses eventos salvam muitas vidas, como por exemplo: um menino ou uma menina ouve uma Djamila falando, um cantor de rap, se a pessoa está pensando em ir para o outro lado, a palavra deles é uma ajuda e tanto — disse Mauro.

— Assim como as palavras do senhor, mestre! Isso é pura verdade, porque, quando eu e os meus amigos erámos pequenos, a gente ia pra escola, sabe? Mas não tínhamos prazer. Era uma obrigação pra gente. Infelizmente não tivemos um professor que nos mostrasse o caminho, tipo ter o prazer de ir pra aula dele, fazer a gente sonhar. Lembro que nós não víamos a hora de sair da aula pra ir treinar break. Levávamos um rádio toca fitas, sabe? E ali sim a gente sentia prazer de ouvir atentamente o que os nossos professores tinham a nos dizer, eram os Racionais Mc's. Aquelas músicas diziam o que a gente queria ouvir, como aprendemos com eles e continuamos até hoje. Fico indignado quando ouço alguém dizendo que as músicas dos caras são apologia ao crime. Me desculpa. Quem fala isso não tem inteligência alguma. A música *Tô Ouvindo Alguém Me Chamar* explica bem o que acontece na vida do crime e tantas outras que fizeram e fazem parte do nosso cotidiano. Eles sim nos mostraram o caminho.

"Falando nisso vai ter um show deles e do Rappa juntos, esse vai ser histórico, eu vou estar lá", eu disse.

— Garoto, esses caras têm um peso muito grande no cenário brasileiro, salvaram muitas vidas, assim como o Tupac e Biggie salvaram nos guetos americanos. São lendas.

— Quando eu era moleque, o cara que fez eu perder a vergonha da minha cor, me aceitar como negro, foi o James Brown. Ele disse que o negro é lindo, que precisava se amar mais. Aquelas palavras entraram na minha mente de uma forma que não sei explicar. Foi como se eu tivesse tomado um soco, "acorda moleque, se você ficar parado olhando, esperando as coisas caírem do céu, o trem vai passar por cima de você". Foi aí que eu comecei a ver a vida de outra maneira.

Nos bailes eu dava show dançando como James Brown, me sentia a atração, todos paravam e ficavam me olhando.

— Aí sim, mestre. Sente saudade dessa época?

— E como sinto, garoto, como sinto! Os bailes eram nas casas, então era uma diversão sem tamanho. Quando tocava Marvin Gaye então, era uma loucura, cada um procurando a sua preta pra dançar agarradinho. Foi assim, ao som do Marvin que conheci a minha preta, estou com ela até hoje, e o meu amor por ela só cresce. Quando estamos a sós em casa, a gente coloca o som do homem e viajamos no tempo. Como é gostoso isso.

— É bom viajar no tempo, né, mestre? Nos traz lembranças maravilhosas.

— É sensacional, garoto! Garoto vou discorrer a minha matéria que é uma bomba. Não é à toa que a construtora do Flávio realiza quase todas as obras no país e em outros países mundo afora, uma verdadeira organização criminosa. Vou escrever que a matéria sai amanhã.

— Tá certo, mestre. Enquanto o senhor trabalha eu vou dar continuidade na minha leitura.

— Está lendo o que garoto?

— *A Cabana do Pai Tomás*, estou gostando pra caramba.

— É muito bom esse livro, depois me fala o que achou. Esse livro foi um dos estopins para o início da Guerra de Secessão, entre 1861 e 1865. Boa leitura garoto.

— Valeu, mestre. Bom serviço.

...

No dia seguinte foi publicado o artigo de Mauro denunciando esquema de corrupção da construtora de Flávio.

> Através de documentos obtidos que detalham acusações de um esquema de corrupção da FF Construtora, que uma fonte se encarregou de me passar, a fim de dar um basta nessa injustiça que essa construtora vem praticando. A fonte pede sigilo, por temer a vida dos seus familiares e a sua. Entregou-me porque confia plenamente em mim e no meu trabalho, sabendo que eu jamais teria medo de publicá-lo.
>
> Nos documentos constam que a construtora vem comprando políticos e diretores da Petróleo Brasil em troca de

contratos. Numa página específica 500 milhões de dólares pagos em propina a políticos e agentes do governo de dez países durante anos[8].

A construtora obtém 90% de todo crédito de exportação do banco para serviços de engenharia dos últimos anos.

Tem a força política dos líderes do país, facilitando a entrada no cenário internacional, para fazer negócios com governos corruptos dos países pobres.

Está sendo acusada de pagar propina em ao menos dez países, nos países com instituições fracas, por exemplo, ela conseguiu perdão presidencial e vai voltar a exercer as suas funções sem ser punida por danos causados por ela, com reflexo, é claro, na população de baixa renda. como sempre as consequências só pesam para um lado: o mais fraco.

A construtora vem praticando graves crimes de corrupção no Brasil e em outros países, espero que este artigo faça vocês refletirem sobre todo o mal que a FF Construtora vem causando.

Como era costume, Luana comprava todos os dias o jornal Juntos Venceremos. Foi logo procurando a coluna do Mauro e ficou horrorizada com tamanho escândalo que a FF vinha fazendo à sociedade. Tinha certeza de que com essa denúncia a construtora e os seus líderes iriam sofrer consequências. Também sabia que a vida do Mauro estava em risco depois daquela publicação. Ficou preocupada, pegou o telefone e ligou para Mateus.

— Alô, Mateus?

— Oi, Luana.

— Você leu a coluna do Mauro de hoje?

— Estava com ele ontem, ele disse que ia soltar uma bomba a respeito da FF Construtora, denunciando algumas falcatruas.

— Mas é muito perigoso, Mateus. A vida dele está correndo perigo. Essa gente é muito perigosa, eles não medem esforços para conseguir o que lhes convém.

---

[8] TRANSPARÊNCA INTERNACIONAL BRASIL. **Transparência Internacional**, c2019. Página inicial. Disponível em: https://transparenciainternacional.org.br/home/destaques. Acesso em: 2 ago. 2022.

— Eu sei, Luana. Avisei pra ele, mas como ele mesmo diz, quem escolhe essa vida não pode temer mal algum, tenho certeza que vai continuar a prestar esse lindo serviço para sociedade, não importa o que pode lhe acontecer. Por isso aquele império só cresce, o tanto de obra na base da corrupção — eu disse.

— Espero que dessa vez as autoridades deem um jeito colocando os responsáveis na prisão — disse Luana.

— Se colocarem os responsáveis na cana o seu ex-namorado vai também, Luana — eu disse.

— Não importa, se tiver envolvido, tem que pagar por todo mal que cometeu e vem praticando no Brasil e nos países mais pobres, deixando danos irreparáveis — disse Luana.

— Essa é a minha opinião também, mas sabemos que esse tipo de pessoa, se for pra cana no nosso país, não ficam por muito tempo. Logo voltam a ter seus privilégios, que aliás nunca perdem, até mesmo na cadeia. O Mauro me disse que tem muita coisa pra ser publicada, com nomes de políticos envolvidos no esquema de propina, que esse trabalho está apenas começando.

...

Quando Flávio leu a denúncia na coluna do jornal, ficou furioso, pegou o telefone e fez alguns contatos com políticos e empresários marcando um encontro, já que temia que o seu telefone pudesse estar grampeado. Ligou para o filho ordenando a sua presença.

Se encontraram no restaurante que eles frequentavam, com as seguintes pessoas: dois assessores de parlamentares, Rocha, Fernando e Paulo.

— Temos que dar um basta nesse comunista de merda, ou caso contrário ele vai acabar com os nossos negócios — disse Flávio.

— Não vejo outra maneira a não ser exterminar esse canalha — disse Fernando.

— Calma, senhores. Não podemos agir no momento da emoção, temos que planejar, executar um plano perfeito — disse Rocha.

— Você tem razão, Rocha. Não podemos dar cabo na alma desse pecador assim, vão levantar suspeitas sobre nós — disse Paulo.

Um dos assessores fez uma brincadeira que deixou o religioso furioso.

— "Planejam crimes e ocultam os seus planos; insondáveis são o espírito e o coração de cada um deles" salmo 64:6 — disse o assessor.

— Você está com a gente ou não, engraçadão? — perguntou Paulo.

— Estou sim, Paulo, só não podia deixar passar essa — disse o assessor sorrindo.

— Não é o momento para brincadeiras, meu caro — disse Flávio — o assunto é sério. Com o fim das nossas "parcerias", os seus parlamentares vão deixar de adquirir os privilégios que vêm usufruindo há anos às minhas custas, isso vai afetar no salário de vocês, consequentemente. Não sou só eu que vou perder, pelo contrário, qualquer coisa, antes de abrir inquérito, eu me mando desse país e vivo tranquilo lá fora, mas não posso dizer o mesmo com vocês, assessores. Que fique bem claro, todos perdem.

— Temos que começar a monitorar os passos desse comunista — disse Fernando.

— Se não tivermos cautela, vamos colocar tudo a perder — disse Rocha.

— Você tem razão, Rocha. Pessoal, esse encontro foi para nos alinharmos e não dar mais nenhum passo em falso daqui pra frente. Depois dessa matéria, vão abrir inquérito, podem ter certeza, mas vamos manter a calma — disse Flávio.

— E se a gente começar fazer algumas ameaças pra ele, quem sabe assim ele fica com medo e diminui as acusações até a gente concluir o nosso plano — disse Fernando.

— Eu não acho uma boa ideia, é capaz dele começar a andar com segurança — disse Paulo.

— Petulante do jeito que ele é, não vai aceitar seguranças o protegendo — disse Fernando.

— Vamos manter a calma, a gente vai dar um jeito nesse cidadão, manter a ordem nos nossos negócios! — afirmou Rocha.

CAPÍTULO 11

Eu e Luana começamos a treinar, decidimos que íamos correr a meia maratona. Estávamos nos aquecendo para iniciar a corrida no parque perto da livraria quando percebemos Fernando estava próximo a nós.

— Então é com esse amiguinho que você está ficando. Me deixou pra ficar com ele? — perguntou Fernando indo pra cima de Luana.

— Se você der mais um passo na direção dela, você vai se arrepender de ter me encontrado, seu playboy — eu disse.

Fernando arregalou os olhos pra mim e disse:

— Você pensa que está falando com quem, seu Zé ninguém?

— Estou falando com um filhinho de papai mimado, que se continuar importunando a garota vai se arrepender, como eu já disse.

— Olha só, Luana, o seu pitbull é bravo, precisa andar com ele na corrente.

Nessa mesma hora eu fiquei cego de raiva, acertei um soco bem na cara dele, que não teve reação alguma, ficou parado onde estava.

— Vai embora daqui, Fernando, já disse a você que acabou entre a gente. O Mateus é meu amigo, ou melhor, não tenho que lhe dá satisfação alguma — disse Luana.

— Vai maluco, vaza daqui, pra não ficar pior pra você. Se encostar um dedo nela aí você vai ter o que merece — eu disse.

— Só vou te falar uma coisa, isso não vai ficar assim — disse Fernando.

— Você está me ameaçando? — e fui pra cima dele novamente, só que dessa vez contido por Luana.

— Vai embora, Fernando! — disse Luana.

— Vou sim, sua vaca, fica aí com o seu amiguinho, vocês se merecem — disse Fernando.

— Me desculpa, Luana, eu odeio briga, mas esse maluco me tirou do sério. Quando ele foi pra cima de você então, confesso que fiquei cego.

— Eu que te peço desculpas por fazer você passar por esse constrangimento, cada dia que passa eu me pergunto como pude namorar um cara como esse, um verdadeiro menino mimado — disse Luana.

— Acontece, Luana, mostra que nem tudo é perfeito — eu disse sorrindo.

— Seu sem graça, agora vou ficar preocupada com você. O Fernando sempre quis que o mundo girasse em torno dele, acha que o dinheiro pode comprar tudo, inclusive sentimento. Ele não se conforma com o término do namoro, sempre afirmou que eu tinha outro. Agora que viu nós juntos, vai achar que você que é o causador de tudo, temo o que ele possa vir a fazer.

— Calma, Luana, eu sei me defender, nunca fiz nada de errado, mas se for pra fazer por uma causa, estou disposto — eu disse.

— Não diga bobagens — disse Luana.

— Eu sou da rua, Luana — eu disse sorrindo — Bora iniciar o nosso treino. Hoje vamos correr 10 km.

— Pra mim tá tranquilo, garoto — disse Luana sorrindo.

Quando eu iniciava a corrida, esquecia de todos os meus problemas. Com a Luana não era diferente. Começou correr por prescrição médica, por conta do sedentarismo, e desde então nunca mais parou. A corrida virou a sua paixão.

A gente corria conversando. Eu nunca fui de falar da minha vida pessoal, sempre fui bem fechado com relação a isso, mas com Luana eu me sentia seguro pra falar de vários assuntos, inclusive sobre mim.

— Nunca imaginei que um dia na minha vida eu ia gostar de correr, porque minha corrida era somente atrás da bola. Achava que não era capaz de fazer outra coisa a não ser um jogador de futebol, como tantos outros meninos que são de favela. Poder dá uma vida melhor para família deve não ter preço. Eu pensava isso dia e noite, mas minha timidez era tamanha que até jogando bola, quando tinha muita gente assistindo, eu ficava com vergonha, e é claro, atrapalhava o meu desempenho. Na escola eu tinha muita vontade de aprender, mas achava que ser inteligente e aprender era dom. Cresci com isso na mente. Até pouco tempo atrás tinha esse sentimento, mas graças ao Criador e os Orixás pude ver que isso não é verdade. Basta nos dedicarmos naquilo que acreditamos sem se importar com as opiniões negativas que a gloria chega.

— Mateus, eu amo ver essa sua dedicação, essa busca incessante por conhecimento. Tenho certeza que vai alcançar todos os seus objetivos. Quero estar ao seu lado quando isso acontecer — disse Luana dando um sorriso meio sem graça por ter deixado escapar as últimas palavras.

— Luana, você acha que a gente pode dar certo um dia? — eu perguntei.

— Por que está me fazendo essa pergunta?

— Não responde com outra pergunta, garota.

— A gente pode dar certo sim, Mateus, não sei. Por que me fez essa pergunta?

— Por vários motivos, garota, por sermos um casal inter-racial em um país extremamente racista, por eu morar na favela, um lugar totalmente diferente do seu convívio, a aceitação das nossas famílias, se é que vai ter. É difícil um amor cheio de sofrimentos e conflitos com o mundo — eu disse.

— Mas o que importa é o amor que vamos sentir um pelo outro, Mateus, não o que as pessoas vão achar ou querer impor — disse Luana — Pra ser sincera com você, cada dia que passa tenho certeza que quero passar os dias da minha vida ao seu lado, mesmo com toda essa resistência sua.

— Não a resistência alguma da minha parte, Luana, só tenho os pés no chão. Sei o quão perverso é esse mundo, não quero que ambos se machuquem nessa história, só estou sendo racional.

— Eu te entendo, garoto, e respeito a sua opinião, mas a gente não manda no coração, vou continuar te admirando, te achando um lindo por dentro e por fora — disse Luana sorrindo corada.

— Também te admiro, Luana. Você é uma garota muito humilde, não mede esforços para ajudar quem quer que seja, pula na frente de uma injustiça, isso me fascina em você, fora que é superinteligente, ama *Um Maluco No Pedaço* assim como eu. Vamos dar tempo ao tempo, ele sim vai ter a melhor resposta pra gente — eu disse.

— Você está certo, Mateus. Você é muito sensato.

— Para com isso, Luana, só estou falando pra gente dá tempo ao tempo.

— Sim, Mateus, vamos esquecer esse assunto por hora e focar no nosso treino, temos que melhorar o nosso tempo, precisamos baixar pra cinco minutos cada 1 km corrido — disse Luana.

— Vamos conseguir, garota!

— Vamos sim, Mateus, mas por hoje chega, já deu 10 km.

— Olá, pediu arrego, cansou? — eu perguntei sorrindo.

— Não cansei, só não consegui me concentrar direito no treino depois daquele episódio com o Fernando. Confesso a você que fiquei preocupada.

— Relaxa, Luana, tá tudo bem, esquece isso, tá bom por hoje. Amanhã temos um dia longo pela frente na livraria, eles vão decidir quais são os funcionários que vão para a Bienal do Livro em Fortaleza.

— Verdade, Mateus, a Bienal, quero muito ir. São dois funcionários de cada loja, né?

— Sim, Luana. Vamos ver o que acontece amanhã.

CAPÍTULO 12

Mauro tinha uma palestra marcada em uma escola do Estado na parte da tarde, mas antes de sair de casa, como era de costume, leu os jornais, viu que o seu artigo estava com uma repercussão imensa na mídia e vários convites para falar sobre o caso. Bete não conseguia esconder o medo que estava sentindo, temia pela vida do seu esposo:

— Mauro, você não acha muito arriscado toda essa repercussão sobre o seu artigo falando da FF Construtora?

— Minha preta, não posso ter medo. Você sabe mais que ninguém que essa é a minha vida. Se eu não fizer o meu trabalho, que é contribuir de alguma forma denunciando esses escândalos, meu povo vai continuar a sofrer. Preciso levar um pouco de informação e educação a eles. Como dizia Florestan Fernandes "um povo educado não aceitaria as condições de miséria e desemprego como as que temos". Então, preta, me sinto na obrigação de ajudar o povo, não importa a maneira ou como, sei que preciso plantar sementes.

— Eu sei, preto, que essa é a sua missão, porém sabe que fico preocupada.

— Fica tranquila, preta. Tudo vai dar certo.

— Vai sim, meu amor.

Quando estava saindo de casa o seu telefone tocou.

— Alô?

— Comunista de merda, você vai morrer se continuar falando coisas que não deve. Vamos acabar com você e sua família.

— Tudo bem — disse Mauro.

— Quem era preto? — perguntou Bete.

— Era o diretor da escola confirmando a minha presença, preta. Vou indo querida, fica com Deus.

— Vai com Deus também, preto, que Deus lhe acompanhe. Lembre-se que "mil cairão ao teu lado e dez mil à tua direita, mas tu não serás atingido".

— Amém, minha preta.

— Assim que saiu de casa no carro ainda ligou para o diretor do jornal, contou sobre a ameaça que sofreu, mas sua maior preocupação era com a família.

— Alô, Valdir?

— Fala, Mauro?

— Valdir preciso de uma ajuda sua.

— Claro, meu amigo. Pode falar.

— Acabei de receber uma ameaça por telefone. Quero que forneça seguranças para a minha família, mas a Bete não pode saber de jeito nenhum, ela já anda preocupada, se ficar sabendo disso vai enlouquecer.

— Claro, Mauro, vou providenciar. Pra onde você está indo neste exato momento? — perguntou Valdir.

— Vou a uma escola do Estado, conceder uma palestra!

— Vou disponibilizar dois seguranças para lhe acompanhar.

— Não é necessário, Valdir. Eu não quero seguranças atrás de mim, só preciso que proteja a minha família.

— Tudo bem Mauro, fica tranquilo. Ninguém vai mexer com a sua família. Agora preciso que fique atento, porque essas ameaças podem ser verdadeiras — disse Valdir.

— Sim, companheiro, estou atento. Agora preciso ir até a escola levar um pouco de informação para os jovens — disse Mauro sorrindo ao telefone.

— Claro Mauro, fica bem.

Quando Mauro entrou no auditório da escola, foi uma festa sem tamanho, com palmas e gritos. Sentiu o coração saltar pelo peito, não fazia ideia de como era conhecido no meio de tantos jovens.

— Boa tarde a todos — disse Mauro.

"Boa tarde", responderam em um coro efusivo.

— Quero dizer que me sinto honrado de estar aprendendo com todos vocês nesta tarde linda. Espero que todos gostem desse momento único que vamos trocar muitas experiências. Quem aqui gosta de ler?

Poucos levantaram as mãos.

— Vou explicar a vocês a importância da leitura em nossas vidas. Através dos livros podemos viajar o mundo, fazer com que ninguém venha nos humilhar. Só através do conhecimento a gente aprende a se defender com os argumentos à altura das pessoas que querem nos oprimir e insistem que fiquemos em um mundo sem luz, na completa escuridão. Mas nós não podemos permitir que isso aconteça. Tudo que eu faço hoje, jovens, é por vocês. Tenho certeza que muitos que estão aqui vão lutar por igualdade, por um mundo melhor, com respeito e dignidade, sei que a semente está sendo plantada no coração de vocês.

Quem não tem o hábito de ler, comece por algo que goste, gibi, caderno de esportes, revistas de entretenimento e etc. Não importa o que vão ler, só peço que pratiquem a leitura. Criar esse hábito é maravilhoso, vocês vão se conectar com outro mundo.

— Professor, quais foram as maiores dificuldades que o senhor enfrentou quando era jovem igual a gente? — perguntou um aluno.

— A minha maior dificuldade era de não ter muitas oportunidades de emprego. Desde cedo eu tinha que ajudar os meus pais. Tudo quanto é tipo de emprego eu encarava. Fui engraxate, carpinteiro, garçom, vendedor de sorvete nas vilas, vendia sorvete na caixa de isopor, lavava banheiros de uma casa de shows famosa na época. Crescer numa sociedade que só julga é difícil, sei que não mudou quase nada, mas como dizia Mahatma Gandhi "seja a mudança que você quer ver no mundo". A mudança tem que partir da gente, vocês são essa mudança.

A galera foi à loucura com gritos e palmas, começaram os gritos de Mauro, Mauro e Mauro, fazendo Mauro sorrir sem parar de satisfação.

— Professor, o senhor já sofreu algum tipo de preconceito por ser negro? — perguntou uma aluna.

— Claro que sim, garota, claro que sim, infelizmente sofro até hoje. Tem um livro que detalha bem o preconceito, fala como é habitar em um corpo negro na América, do escritor Ta Nehisi Coates. O livro na verdade é uma carta que ele escreve para o filho. A polícia vinha cometendo sucessivos ataques a jovens negros nos Estados Unidos, os matando, sendo que, em sua grande maioria, os polícias são absolvidos. O filho dele fica acabado com a absolvição de um policial que matou um jovem. O autor fala que não pode consolar o filho. Infelizmente essa é a realidade e vai continuar acontecendo. Ele diz que tem que preparar o filho para aquela realidade. O Estado tem a mentalidade que ainda é dono do corpo negro, a ponto de, em uma batida policial, colocar o negro deitado no chão de cara para o asfalto, pelo fato dele ser negro, quando se acha no direito de assassinar cinco jovens dentro de um carro por serem pretos, que só vinham de uma comemoração do primeiro emprego de um deles, alegando que ouve troca de tiros, mas essa troca só partiu das armas deles, mais de 111 tiros.

— Mas, professor, a polícia não tem que nos proteger? — perguntou outro aluno.

— Sim, garoto, mas muitas vezes eles atiram e perguntam depois. Tenho a esperança que esse cenário vai mudar. Vocês terão um futuro digno, com respeito e igualdade.

Vivemos em um país que mata mais que na guerra. É a polícia que mais mata e a que mais morre. Tá tudo errado. Vocês precisam ter a noção da importância da educação nas nossas vidas. Me prometam que, quando eu voltar aqui, vocês vão estar mais afiados na leitura, me enchendo de orgulho?

— Sim professor, a gente promete! — afirmaram todos os alunos.

— Sejam sedentos por conhecimento, só assim vamos ter um país melhor. Quero agradecer a todos por essa experiência maravilhosa na qual trocamos hoje. Por mais tardes lindas como essa — disse Mauro.

Todos se levantaram de suas cadeiras e começaram a ovacionar Mauro, que ficou emocionado ao ver aquela cena linda, satisfeito, porque sabia que naquela tarde plantou várias sementes.

CAPÍTULO 13

Eu e Luana fomos os escolhidos para a Bienal que ia acontecer em Fortaleza. Quando ficamos sabendo da notícia, ficamos muito felizes. O contato com os livros era uma das coisas que amávamos.

— Luana, é verdade que fomos escolhidos para a Bienal? — eu perguntei.

— Sim, Mateus, por que, você não gostou?

— Claro que eu não gostei, amei a ideia! É um evento e tanto, muitos escritores vão estar presente, vai ser uma experiência única na minha vida, ter o contato com eles, e é lógico, fazer algumas perguntas. Vai ser demais! — eu disse.

— Também acho uma experiência e tanto. É a semana que vem, precisamos arrumar as coisas, já está aí.

— Sim, Luana. Você tem razão!

Eu nunca tinha embarcado em um avião, estava muito ansioso.

— Luana, tenho que confessar que estou com medo de voar de avião.

— Fica tranquilo, Mateus. Quando a gente estiver voando, você vai ver o quão encantador é ver as nuvens por cima. Seu medo vai passar.

— Assim espero, garota — eu disse sorrindo — Estou muito feliz que tudo isso está acontecendo na minha vida. Nem nos meus melhores sonhos eu poderia imaginar. Estou escrevendo cada dia mais, a minha interpretação está melhorando gradativamente. Feliz com esse progresso.

— Também fico, Mateus. A sua felicidade é a minha — disse Luana.

Neste momento Tiago chegou e deu outra notícia que eu não esperava.

— Mateus, a Laura está voltando para o Brasil. Falei com ela ontem.

— Não acredito, Tiago — eu disse achando que era brincadeira.

— É verdade, semana que vem ela está de volta. Você vai estar em Fortaleza na Bienal!

— Não importa, assim que eu chegar falo com ela. Que saudade que estou da Laura, sete anos que não a vejo, lembro como se fosse ontem ela partindo, meu coração ficou em pedaços — eu disse.

— Por que ela foi embora? — perguntou Luana.

— O pai dela descobriu que ela estava namorando, ele não aceitava de forma alguma. Tinha muito ciúmes dela. Era uma coisa surreal. Eu, Tiago e o Carlos não entendíamos muito aquilo. Todas as vezes que ele pegava a Laura com a gente, dava uma surra nela de deixar marcas — eu disse.

— E a mãe dela, não fazia nada? — perguntou Luana.

— A Laura perdeu a mãe quando tinha cinco anos de idade, morava com o pai. A tia dela, irmã da mãe, morava na França. Casou com um francês e foi morar lá, porém todo final de ano vinha passar com a sobrinha, insistia pra Laura morar com ela, mas a Laura não queria deixar o pai, até que um dia ele viu a Laura com o namorado, quis bater no menino, colocou ele pra correr e disse pra ela se era esse tipo de homem que ela queria ao seu lado, que sai correndo e deixa você sozinha sem ao menos ficar pra te defender, dando uma risada sarcástica. Laura não aguentou aquela cena calada, falou ao pai que não via graça, que ia namorar o Lucas sim, com o consentimento dele ou não. Aquelas palavras o deixaram furioso a ponto dele ir pra cima de Laura e tentar violentar a garota, foi aí que percebeu que o pai era um psicopata, e ela decidiu ir morar com a tia na França. Se sentindo culpada por toda aquela situação, que só mais tarde foi entender que não tinha culpa alguma — eu disse.

— Nossa, que história, meninos. Quero muito conhecer a Laura assim que ela chegar aqui — disse Luana.

— Sim, ser violentada pelo próprio pai, não consigo nem imaginar o que ela passou. Acredito que ela vai levar essa dor para o resto da vida. O meu sentimento de revolta é muito grande. Esse cara só é vivo e morando lá na favela porque ela não deixou a gente contar nada pra ninguém, porque senão, à essa altura, ele já estaria morto faz tempo — disse Tiago.

— Nem me fala, mano. Eu tenho uma revolta tão grande com esse cara que, se eu pudesse, eu mesmo fazia o serviço. — eu disse.

— Que isso, Mateus. Nem pensa nisso, você tem o coração lindo — disse Tiago.

— Sim, Tiago, mas essas coisas eu não tolero. Cara, eu nem acredito que logo, logo vou ver a Laura. Agora que eu lembrei, Tiago, ela vai chegar a tempo do evento que vai rolar na quebrada, vai dar pra ela palestrar. Durante esses anos fora, ela estudou demais, fez Filosofia na Universite Paris-Sorbone na França e Sociologia na The University of Alabama, luta pela causa dos direitos civis, inclusive dando palestras ao lado da lenda viva Angela Davis.

— Uau, que currículo ela tem, isso é encantador e arriscado ao mesmo tempo, assim como é a vida do Mauro — disse Luana.

— Verdade, mas esse risco é por uma causa que escolhi pra mim também, estou escrevendo cada dia mais. O Mauro está me ajudando bastante. Quero publicar o meu primeiro livro de poesias, quem sabe ele não esteja na próxima Bienal, será mais um sonho realizado — eu disse.

— Só depende de você, Mateus — disse Tiago — Que orgulho desse meu amigo!

— Sim, sei que só depende de mim, estou na luta todos os dias para alcançar esses objetivos, logo mais começo a mostrar umas poesias para vocês.

— Que tal mostrar uma agora pra gente, Mateus — disse Luana.

— Uma boa ideia, Luana — disse Tiago.

— Só vocês mesmo. Fico muito tímido ainda, preciso estudar mais, mas vamos lá. O nome dessa poesia é *Quero Abraçar o Racista*[9]:

>Estou cheio de ódio de amor
>Cheio de raiva de esperança
>Quero abraçar o racista
>Mostrar há ele que somos todos iguais desde criança.
>
>Que o negro é lindo sim
>Ainda mais quando encontra
>Sua negritude assumindo que, tem cabelo crespo e pode fazer tranças.

---

[9] ALVES, Marcel. **IBeReTI ALA**: O começo de um sonho. 1. ed. São Paulo: Editora Independente, 2020. 18 p.

Que democracia é essa que
Só pesa para um lado e
No fim, todos sabem que dança
Dança essa que não é de alegria
É de angústia, dor e desconfiança
Luto pela diversidade e igualdade
Exterminando todos os misóginos, homofóbicos e xenófobos.

Extermínio esse não com violência
E sim com ódio de amor
E raiva de esperança
Quero abraçar o racista.

— Ô louco, mano — disse Tiago batendo palmas — que versos são esses, eles me representam também, sensacional.

— Parabéns, Mateus. Quando falo que você é foda, diz que sou exagerada. Que coisa mais linda. Quando você descobrir o real potencial que tem, pode ter certeza, vai ganhar o mundo.

— Que bom que vocês gostaram, fico feliz de verdade — eu disse.

— A gente que fica feliz por você nos proporcionar uma coisa tão linda dessa — disse Luana.

— Cara, posso te confessar uma coisa, estou feliz pra caralho — disse Tiago.

— Tá loucão, mano, por que essa alegria toda? — eu perguntei.

— Fácil, vou te explicar. Lembra quando eu, você, a Laura e o Carlos ficávamos na rua conversando, não fazíamos nem ideia qual rumo as nossas vidas tomariam, vendo vários malucos e playboys passar por a gente pra comprar droga, muitos parando pra perguntar se era você que vendia?

— Pode crê, toda vez vinha um maluco ou uma mina e perguntava pra mim, se eu tinha a boa pra vender, até hoje me perguntam sobre isso, não mudou muito não — eu disse.

— Então, Mateus, olha o nosso progresso hoje. Você com essa gana incessante de querer aprender sobre tudo, a Laura se tornou uma filosofa mais que respeitada de uma inteligência e competência inigualável, eu logo estou indo estudar na França, o Carlos com um talento incrível para tocar saxofone. Isso é uma vitória muito grande pra gente. Me lembro muito bem daquela senhora que não gostava que a gente sentava na calçada dela — disse Tiago.

— A dona Fátima — eu disse.

— Essa mesmo, uma vez ela falou que a gente não chegava nos 15 anos de idade, pra Laura tomar vergonha na cara, parar de ficar só com macho; disse que não podia nem reclamar com a mãe dela, pois ela não tinha. Aquelas palavras me deixou muito preocupado. Eu achei que a gente não ia chegar nos 15 por algum motivo, sei lá, morrer a qualquer hora. Sei que a vida é assim, a qualquer momento a gente pode partir, mas quando você é criança não entende. Escutar de um adulto que vai morrer assim dói, ela se referia a gente como os quatros negrinho mal-educados — disse Tiago — Estamos mostrando que os quatros negrinhos não viraram estatísticas!

— Então quer dizer que você decidiu ir pra França mesmo, né? — eu perguntei.

— Sim, mas não agora, vou ficar um tempo por aqui ainda. Quero estudar Artes lá, mano, já vi a escola.

— Vai fazer em qual, mano? — eu perguntei.

— Na École Nationale Supérieure de Beaux-Arts (Escola Nacional Superior de Artes Decorativas de Paris).

— Ô louco, mano, gastou o francês agora hein. Essa escola é super reconhecida no mundo todo. Feliz por você, cachorro — eu disse sorrindo.

— Não vejo a hora de começar, gente, de verdade.

— Você merece, Tiago, sempre foi um menino extremamente dedicado em tudo que se propôs a fazer. Tudo que está acontecendo é fruto do seu esforço — disse Luana.

— Obrigado pelas palavras, Luana. Sabe que gosto muito de você, você tem um coração de ouro. Mateus, você precisa conversar com o Carlos. Já vi e fiquei sabendo que ele está andando pra cima e pra baixo com os moleques do movimento, tanto porque você mais que ninguém sabe que conversar não tem problema nenhum, independente da vida que eles levam, mas andar já é um passo para fazer as mesmas coisas — disse Tiago.

— Não sabia, Tiago. Pode deixar que antes de ir para Bienal vou conversar com ele. É muito tentador a vida que eles levam, mano, o Tom me disse uma vez que essa vida é fácil de entrar e muito difícil de sair. a pessoa se sente poderosa andando com os furas na cintura, a sensação de poder comprar o que você deseja, não tem preço, só que é uma vida passageira, a qualquer momento você pode perder tudo e sempre que um vai outro vem.

— Carlos tem um talento incrível, Mateus. A gente não pode permitir que ele caia nessa tentação, ele pode se tornar um dos maiores sax tenor do mundo, assim como o ídolo dele e nosso também, John Coltrane. Se tem uma pessoa que ele ouve, esse alguém é você — disse Tiago.

— Pode deixar, vou falar com ele — eu disse.

CAPÍTULO 14

Eu tinha um encontro com o meu mestre, para mostrar alguns trabalhos que tinha realizado e conversar. Fazia uns dias que a gente não conversava, e aqueles momentos era desejado por nós dois.

— Fala, mestre, como vão as coisas? A garotada que mora lá na quebrada está encantada com o senhor, eles falaram que o senhor não deu uma palestra e sim uma aula, falaram que estão começando a ler, que sem a leitura eles não serão ninguém. O mestre não cansa de plantar sementes — eu disse sorrindo.

— Fico feliz, garoto, que eles estão se empenhando e lendo por prazer. A leitura não pode ser tratada como obrigação, devemos amar o livro, ouvir o que ele tem a nos dizer.

— Tá inspirado hoje, hein, mestre? — eu disse.

— Sempre, garoto, sempre — disse Mauro sorrindo.

— Mestre, fiz alguns versos. Como sempre gostaria que o senhor desse uma olhada. Me fala como estou me saindo, se tenho futuro.

— Futuro já falei que tem, basta se dedicar, isso sei que faz. Tem um caminho brilhante pela frente.

— Obrigado, mestre. E como andam as denúncias a respeito da construtora?

— Tenho uma gama de material, que envolvem mortes de famílias ribeirinhos, causada por grileiros a mando da construtora. Mas esse material, preciso fazer um estudo minucioso. Tenho provas concretas, documentos importantíssimos, que detalham cada falcatrua cometida por essa empresa.

— Eu temo pela sua vida, mestre. O senhor não vem sofrendo ameaças não, né?

— Claro que sim, garoto, não poderia ser diferente. Estou denunciando um esquema de corrupção que envolve políticos, sabe como eles são sórdidos, não medem esforços para conseguir o que desejam.

— Não acha melhor ir para outro país, mestre?

— E você acha que eu sou algum covarde, garoto? Lógico que não vou abandonar o meu povo que sofre todos os dias com os abusos desses canalhas. Estou preocupado com a Bete e os meninos, mas o que acontecer comigo é consequência da minha luta, não me arrependo de nada do que venho fazendo garoto. Mudando de assunto, está ansioso para a Bienal em Fortaleza semana que vem?

— E como estou, mestre, e o pior, vou passar todo esse tempo com a Luana.

— Deixa as coisas acontecerem, garoto, para com esse medo.

— Não é medo, apenas precaução.

— Vai nessa Bienal, tira o máximo de conhecimento que puder, vai ser de grande valia. Também tenho alguns compromissos, inclusive o julgamento dos policiais que mataram os cinco jovens em Costa Barros.

— Espero que seja feita justiça, mestre, que eles não saiam impunes desse crime.

— Sim, garoto. Vamos lutar por justiça.

— Mestre estou lendo *Marighella: O Guerrilheiro Que Incendiou O Mundo*, o Dops tinha medo dele?

— Sim, garoto. Esse negro baiano tocou o terror para cima deles. Mario Magalhães escreveu uma obra e tanto.

— Eles devem lançar um filme sobre a luta dele, né, mestre?

— Sim, seria enriquecedor se todos conhecessem esse baiano porreta, isso é, se não tiver censura por parte do Estado brasileiro.

— Espero que não, mestre!

— Eu também — disse Mauro sorrindo.

— Mestre, dá uma olhada no meu caderno, nas poesias, estou gostando muito de escrever, me enriquece de uma forma que não sei explicar.

— Eu sei o que você está sentindo, sinto isso até hoje, é maravilhoso. Deixa eu dar uma olhada nesse caderno.

— Só quero que seja sincero, mestre — eu disse.

— E por acaso eu não sou sincero, garoto? Fica tranquilo, no que depender de mim, você vai lançar o seu livro. Tenho certeza. Vai ser o primeiro de muitos.

— Axé, mestre, que assim seja.

— Mas lembre-se que dedicação é a alma do negócio, garoto, muita leitura, noites de sono perdidas, abrir mão de coisas que gosta.

— Estou fazendo isso, mestre, só quero ser reconhecido pelo meu esforço, minha obra.

— Vai ser sim, tudo tem o seu tempo. Que Oxóssi continue abrindo sua mente — disse Mauro.

— Okê Âro — eu disse.

— Está se dedicando maravilhosamente bem, garoto. Os seus versos são verdadeiros, faz a gente refletir, eu gosto assim. Arte tem que fazer a gente pensar também. Pretende escrever quantos versos?

— Não sei bem ao certo, mestre, acho que uns 40. Estou querendo colocar algumas ilustrações, o que o senhor acha? — eu perguntei.

— Acho ótima ideia. Posso te apresentar uns conhecidos que trabalham com ilustração. Quando terminar os versos, se quiser te levo para conhecê-los sem problema algum — disse Mauro.

— Claro que quero, mestre, não vejo a hora de lançar o meu primeiro filho, sentir qual é a real sensação, se vai tocar as pessoas, sabe? Se a crítica vai ser boa.

— Calma, garoto. Segura essa ansiedade, foca nas poesias, o resto vem naturalmente, você vai ver.

— Sim, preciso segurar essa minha ansiedade pra eu conseguir terminar esse livro — eu disse sorrindo.

— Isso aí. Que orgulho. Pra quem outro dia falava que não gostava de ler, hoje está até escrevendo um livro.

— Graças ao Sagrado, ao Criador, os Orixás e os Exus que estão sempre ao meu lado, e ao senhor também, por ter me apresentado esse caminho de luz.

— Que isso, garoto, não fiz nada demais, você é responsável por isso. Sem o teu esforço, nada teria acontecido.

— Sem o senhor eu não seria nada disso que estou me tornando.

— Que isso, garoto. Vejo todo seu esforço, sua vontade de vencer. Fico feliz da vida com tudo que está acontecendo com você!

— Meu maior sonho é poder sobreviver da minha arte, mestre. Como o senhor sempre diz: "estar disposto a morrer por uma causa, se isso acontecer, e deixar um legado, o mínimo que seja, vou feliz" — eu disse sorrindo.

— Nossa, é o Mauro que está nesse corpo aí é?

— É a convivência, mestre, dá nisso. Espero que semana que vem seja abençoada para todos nós, que no julgamento seja feita justiça e ocorra tudo bem na Bienal.

— Vai ser abençoada sim, garoto!

Nos abraçamos e fomos cada um para o seu lado.

Seguindo pela calçada, mais para frente avistei Carlos. Não pensei duas vezes em assobiar. Quando ele olhou para trás, me esperou sorridente.

— Fala, meu mano. Como estão as coisas? — perguntou Carlos.

— Vão indo nos conformes, Carlinhos. Me diz aí, qual é a boa? — eu perguntei.

— Não tenho a boa para contar não!

— Como não, meu mano? Fiquei sabendo que você está voando no sax como de costume e vem falar que não tem a boa?

— Ah, Mateus, essa parada não é para mim não, mano.

— Por que, mano? Está louco? Prefere ficar andando com os moleques do movimento?

— Quem te disse isso, mano?

— Tá respondendo com outra pergunta, mano?

— Essa vida de música não é pra mim, não vou mentir pra você, estou andando com os meninos sim, eles vão começar a me envolver em umas fitas. Estava tocando na noite com uns músicos bons de jazz, mas essa parada não dá dinheiro, nem futuro mano.

— O que dá futuro é a vida do tráfico então? A gente mais que ninguém sabe qual é o final dessa porra, mano — eu disse.

— Tô ligado, mano, mas é foda. Nada dá certo. Eu até ganhei um bolsa de estudos, estudar na Berklee College of Music (Faculdade Berklee de Música), mas não tenho dinheiro pra me manter lá, mano. Não vou ficar insistindo nessa vida se não tenho condições. Não vou mentir, quando subo no palco com o meu sax, me sinto a pessoa mais importante do mundo, esqueço todos os meus problemas, mas infelizmente não dá pra seguir — disse Carlos.

— Que não dá o que, Carlinhos. A gente chegou até aqui, nunca foi fácil, você sabe e eu também sei. Se a gente desistir, é tudo que essa sociedade com mente colonialista quer, eles querem que a gente vire estatísticas, como a dona Fátima dizia, lembra? Mas estamos aqui pra provar que somos a resistência, a persistência e, em um futuro bem próximo, a realização — eu disse.

— Lógico que lembro dela falando, mano. A gente até que chegou longe, pelas previsões dela a gente ia morrer rápido — disse Carlos sorrindo.

— E vamos chegar mais, meu mano, só depende da gente. Discernimento nós temos, pra escolher entre o copo de água suja e o copo com água limpa, como dizia Malcolm. E o melhor, esse discernimento foi descoberto por nós mesmo, porque infelizmente o Estado sempre nos negou, sempre privou a gente da arte, cultura, educação, sabe? Mas como eu já disse: somos a resistência, temos que lutar "por qualquer meio necessário". Viva Malcolm X! — eu disse sorrindo.

— Você tem razão, Mateus. Por mim eu ficava tocando todas as noites, se pudesse vivia dá música, mas você sabe mais do que eu, viver da arte nesse país é difícil pra caralho — disse Carlos.

— Eu sei, Carlos. Mas não é impossível. Você vai largar essa ideia tosca da mente, a gente vai pensar em uma maneira de conseguir a passagem e a estádia, você vai se alocar quando começar o curso, confia em mim — eu disse.

— Acho difícil, Mateus, conseguirmos essa parada tão simples assim.

— Eu não falei que vai ser simples, só precisa confiar em mim.

— Tudo bem, sempre confiei em você, sabe disso.

— Agora precisa me prometer que vai parar de andar com os manos, tirar esse pensamento de querer fazer fita errada.

Vou falar com o pessoal da associação que o novo John Coltrane vai tocar no evento que vai rolar na quebrada — eu disse sorrindo.

— É sério que vai falar com eles, Mateus? — perguntou Carlos.

— Claro que é sério, mano, só está faltando uma coisa.

— O que? — perguntou Carlos.

— Você promete que não vai mais andar com os manos.

— Eu prometo, Mateus, de verdade. Muito obrigado por você me ajudar.

— Que isso, mano, esqueceu que sempre prometemos correr um pelo outro?

— Lógico que não, mano. Essa promessa nossa é desde criança.

— Então não estou fazendo nada demais.

Sorrimos e nos abraçamos.

CAPÍTULO 15

A semana tão esperado por mim e Luana enfim chegou. Íamos viajar para Fortaleza, desfrutar da tão desejada Bienal. Mesmo com muitos compromissos, Mauro se prontificou para nos levar no aeroporto. No caminho paramos em um semáforo, uma cena chamou bastante a nossa atenção, um jovem artista com os seus malabares, estava trabalhando em busca de uns trocados através da sua arte, mas o que realmente mexeu com a gente foi a alegria que ele fazia aquilo, com um sorriso enorme no rosto, a satisfação dele era contagiante, me deixou emocionado. Ele não estava só, a companheira o acompanhava, junto com uma criança, que não tinha mais que três anos de idade. Mas ao mesmo tempo me senti impotente de ver aquela cena e não poder fazer nada, dei apenas dez reais que tinha no bolso e o pensamento de "será que eles vão conseguir fazer uma refeição digna hoje e amanhã?".

Seguimos viagem, ficamos ao menos uns dez minutos em silêncio, por presenciar aquela cena tão comum na nossa sociedade.

— E ainda ouço governantes dizerem que não existe desigualdade neste país, e uma grande parte da sociedade reproduzir esse discurso, reforçando que quem fica nas sinaleiras são todos vagabundos. A minha conclusão sobre quem diz isso é que estão todos doentes, falta de amor, empatia e tantas outras coisas que se eu for enumerar vocês vão perder o voou. Não falo de governo A ou B, sempre tivemos pessoas nas sinaleiras, em condição de rua, infelizmente não tenho certeza que isso vai mudar um dia, mas tenho esperança sim — disse Mauro.

— É muito triste isso, mestre. A pior coisa do mundo deve ser passar fome, nunca passei, graças a Deus. Minha mãe fala que quando era criança passou bastante, ela aproveitava quando minha avó ia nas casas de alguns parentes e, de hora em hora, ia pra cozinha pegar os restos nos pratos para comer, por isso que hoje em dia em casa, quando ela vê que alguém deixou comida no prato não aceita de jeito algum. Come quantas vezes quiser, mas coloca o tanto que vai comer.

Chegamos no aeroporto, nos despedimos do Mauro.

— Aproveitem ao máximo nessa viagem enriquecedora para vocês. Vão com Deus e que os Orixás lhes proteja — disse Mauro.

Despachamos as malas e ficamos com as bagagens de mão. Um fato curioso e infelizmente normal pra quem é preto como eu sabemos como é: Luana passou normal pelo raio x na fila ao lado; na minha frente tinha um homem branco, camisa por dentro da calça e um cinto idêntico ao meu, fiquei olhando para ver se ele ia passar tranquilo, e é claro, passou; na minha vez, deixei celular, carteira e tudo que tinha no bolso e adivinhem? Começou apitar, olhei para moça e disse que não tinha mais nada comigo.

— Deve ser o cinto, moço — ela disse.

— Engraçado o meu cinto é igual ao do senhor que acabou de passar e não ouvi apito algum — eu disse.

— Às vezes acontece, moço!

— Verdade, eu sei por que acontece, sei bem — eu disse com raiva.

Quando fui pegar a minha mochila, veio dois seguranças pretos como eu, encostaram ao meu lado e não deixaram eu pegar a minha mochila.

Olhei para eles e disse:

— Não posso pegar a minha mochila?

— Só um minuto, rapaz. Procedimento — disse um deles.

— Esse procedimento sempre com os mesmos, hein? — eu disse sorrindo.

— O que tem nessa mochila, rapaz? — perguntou um dos seguranças.

— Um monte de coisas. Se eu for falar tudo que tem aí, vou perder o voo.

— Não me interessa se vai perder o voo, rapaz.

— Então pra que tá perguntando? — respondeu Luana vermelha de raiva.

Nisso já encostou mais três seguranças, todos que passavam olhavam aquele monte de segurança com um preto no meio, no mínimo achavam que pegaram um traficante internacional. Não deu outra, passou uma mulher e gritou: "traficante tem que ir para cadeia".

— Cala a boca, sua vagabunda — gritou Luana.

— Fica tranquila, Luana — eu disse.

— Rapaz, você está carregando algum explosivo na sua mochila? — perguntou um dos seguranças.

A minha reação não foi outra a não ser a de gargalhar.

— Estou carregando livros, vou explodir a minha mente de conhecimento — eu disse sorrindo para eles.

— Mateus, o seu perfume está na mochila — disse Luana.

Foi aí que eu lembrei que o perfume era em formato de uma granada. Tirei da mochila e mostrei para os super-heróis, que é claro, não deixaram eu embarcar com o perfume.

— Me dá aqui, Mateus, vou levar no quiosque que paramos para comprar algumas coisas, vou pedir para eles guardar, quando a gente voltar pegamos — disse Luana.

— Por mim a gente joga no lixo ou dá para algum desses rapazes. O que vocês acham senhores? — eu perguntei ironicamente.

— Claro que não, vou lá — disse Luana.

Deu certo. Luana deixou no quiosque e enfim a nossa Odisseia no aeroporto por hora tinha chegado ao fim, depois de nos defrontar com as peripécias dos humanos mesmo, diferente de Ulisses, que teve as peripécias sobre-humanas, como Circe, a deusa feiticeira que transformou os companheiros dele em porcos; o ciclope Polifemo, o monstro marinho e Caríbdis, o precipício, e tantos outros percalços até chegar em Ítaca; a nossa foi passar pelo batalhão de homens de bem, os seguranças que zelam pela família e os bons costumes, e chegar em Fortaleza, esperar pela Bienal.

Embarcamos, e deu um frio na barriga quando o avião decolou, depois foi tranquilo, tanto que peguei o livro do Marighella e terminei a leitura maravilhosa. Que obra. Obrigado, Mario Magalhães.

Fizemos o check-in no hotel. Eu ia ficar hospedado no quarto ao lado do quarto da Luana.

Guardamos as malas e descemos para dar uma volta no calçadão, foi quando vimos que naquela noite ia rolar um show da banda Natiruts na praia de Iracema, de frente para o hotel onde estávamos hospedados. Percebi que aquela viagem seria de fato marcante, Luana, Bienal e já na primeira noite a banda que deu início pelo meu gosto doentio pelo reggae. Quando ouvi pela primeira vez a música *Deixa o Menino Jogar* dos caras eu enlouqueci, não é uma música e sim um hino, quem gosta sabe do que estou falando, Luana também é fã deles.

— Mateus, não acredito que vamos curtir o show deles em Fortaleza, na nossa primeira noite aqui — disse Luana.

— Pois pode acreditar, Luana, porque é real — eu disse sorrindo.

A noite chegou, a gente pode dizer que não foi um show e sim uma celebração, cantamos todas as músicas, foi sensacional. Quando veio a música *No Mar*, foi automático, um olhou para o outro e começamos a nos beijar, sentir aquela emoção, olhar nos olhos dela, ver o brilho no seu olhar, foi único pra mim, tenho certeza de que os meus olhos cintilavam da mesma maneira.

— Mateus, até parece que essa música foi feita para gente.

— Sim, justamente para esse momento. Que show foi esse, Luana?

— Inesquecível para mim, meu poeta preferido — disse Luana sorrindo.

— Assim você me deixa tímido, mais do que já sou. Vamos para o hotel?

— Sim, vamos — respondeu Luana.

Atravessamos a rua e fomos para os nossos quartos, nos despedimos com um abraço de urso.

Tarde da noite, eu estava sem sono algum, peguei o caderno para escrever, mas não tirava Luana dos meus pensamentos, foi quando olhei para o celular e mandei uma mensagem para ela:

— Está acordada ainda?

— Sim, estou!

— E por que não vai dormir?

— Estou sem sono, não consigo tirar o Mateus do pensamento.

— Ô louco, eu também não consigo tirar a Luana da cabeça, tentei escrever, mas quem disse que consegui.

— Então esse pensamento em mim está te atrapalhando.

— Pelo contrário, está tirando o meu juízo. Posso te fazer uma pergunta?

— Claro que pode!
— Posso ir no seu quarto pra gente conversar?
— Me dá 30 minutos, te mando mensagem pra vir, pode ser?
— Tudo bem então.
Passados 30 minutos Luana mandou mensagem:
— Mateus, tudo bem se você quiser vir.
— Estou indo, minha linda!

Quando entrei no quarto só me veio na cabeça o *Soneto XI*, de Pablo Neruda, do livro *Cem Sonetos de Amor*[10] *e comecei a recitar:*

> Tenho fome de tua boca, de tua voz, de teu pelo,
> E pelas ruas vou sem nutrir-me, calado,
> não me sustenta o pão, a aurora me desequilibra,
> busco o som líquido de teus pés no dia.
>
> Estou faminto de teu riso resvalado,
> de tuas mãos cor de furioso celeiro,
> tenho fome da pálida pedra de tuas unhas,
> quero comer tua pele como uma intacta amêndoa.
>
> Quero comer o raio queimado em tua beleza,
> o nariz soberano do arrogante rosto,
> quero comer a sombra fugas de tuas pestanas
>
> e faminto venho e vou olfateando o crepúsculo
> buscando- te, buscando teu coração ardente
> como um puma na solidão de Quitratúe.

Quando terminei, os olhos de Luana estavam cheios de lágrimas, me deu um abraço apertado e disse:

— Assim você acaba comigo, Mateus. Aí já é apelar — disse Luana sorrindo.

---

[10] NERUDA, Pablo. **Cem Sonetos de Amor**. Porto Alegre: L&PM Pocket. 1959. 19 p.

— Que bom que gostou — eu disse sorrindo.

— Eu não gostei, eu amei, amo Pablo Neruda, esse livro que ele escreveu para Matilde Urrutia me encanta.

— Eu gosto muito dele também, sempre carrego na minha mochila.

Nesse momento olhamos um para o outro e não precisamos dizermos mais nada, nos abraçamos e começamos a nos beijar, um clima maravilhoso, ter aquela pele em minhas mãos, acariciar seu rosto, fazendo carinho, mexendo nos seus cabelos que ela tanto gostava.

— Você quer que eu vá para o meu quarto, minha linda? — eu perguntei.

— Você está doido, só sai daqui se quiser, porque eu não quero de jeito nenhum.

Comecei beijar o pescoço dela.

— Isso é tortura, Mateus — disse Luana no meu ouvido.

— Quer que eu pare? — eu perguntei sorrindo.

— Não, continua, por favor.

Percebi que os 30 minutos que ela me pediu foi exatamente para colocar aquele vestido preto, que eu adorava ver no seu corpo.

O clima foi ficando cada vez melhor, ela foi tirando a minha camiseta, eu não aguentei e tirei o vestido dela.

— Você fez de propósito, né, Luana? — eu perguntei.

— O que foi?

— Colocar essa lingerie preta com vermelho?

— Claro, meu poeta. Eu sei que você gosta, é uma das minhas cores favoritas — disse Luana sorrindo com um olhar malicioso.

Enfim o momento de resistência da minha parte tinha chegado ao fim, nos amamos loucamente à noite toda.

Tínhamos dois dias livres até o início da Bienal, resolvemos fazer alguns passeios pelas praias encantadoras do estado do Ceará. No primeiro dia fomos para praia das Fontes, conhecemos as falecias, andamos de bugue um passeio maravilhoso.

— Como é lindo tudo isso, Mateus — disse Luana.

— É lindo demais, por mim ficava mais de um mês aqui — eu disse sorrindo.

— Sou obrigada a concordar com você.

No dia seguinte, fomos para a praia de Lagoinha, ficamos encantados com tanta beleza em um só lugar, fizemos um passeio muito gostoso, andamos de caminhão pau de arara, paramos em um quiosque e em frente de um rio maravilhoso, não me recordo, tinha umas redes de balanço no rio, por último paramos na praia, ficamos curtindo um ao outro, curtindo a leve brisa passar.

Foi quando Luana me disse:

— Mateus estou tão encantada com as coisas que estão acontecendo na minha vida.

— Por que você está me dizendo isso, minha querida? — eu perguntei.

— Já sofri tanta pressão em casa por parte da minha mãe querendo que eu vivesse a vida que ela quis pra mim, não deixando eu tomar as minhas decisões, fazer as minhas escolhas. Amo demais minha mãe, mas ela não respeita a opinião dos outros. Meu irmão infelizmente cedeu tudo que ela impôs pra ele.

— E o seu pai nunca falou nada? — eu perguntei.

— Eles sempre discutiram por conta dessas questões, ele nunca aceitou imposições em qualquer tipo de coisa, sempre gostou do diálogo, mostrando o caminho para a gente trilhar, com imenso apoio a tudo que a gente se propunha a realizar.

— Esse apoio é muito importante para gente. Pode ter certeza que o seu coroa tem o maior orgulho de você — eu disse — vendo as coisas acontecendo hoje, sinto a falta de ter conversado mais com meu pai sobre as questões raciais na nossa sociedade, mas não o culpo, ele sempre se desdobrou em dois empregos para dá o melhor para gente na medida do possível. Já a minha mãe sempre foi mais aberta para esse tipo de conversa, aquelas de marcação cerrada, estilo Gatuso, estipulando horário para chegar em casa, os avisos, tipo "leva o documento quando for sair e confio em você, mas é ciente que se fizer coisa errada, eu fico sabendo" e esse era o meu medo, mesmo assim as vezes eu, Carlos e o Tom ficávamos na roda dos mais velhos, escutando as ideias de ladrão dos caras, das tretas que arrumavam, o Carlos sempre com medo da polícia descer a rua.

— E você não tinha medo? — perguntou Luana.

— No fundo eu tinha e muito, mas não queria demostrar para os caras, queria que eles me vissem como homem adulto já. Na verdade, todo moleque, principalmente de quebrada, tem essa vontade de ser maior de idade, eu não era diferente.

"Um dia estávamos na fogueira, a polícia desceu a rua. Quando a viatura foi chegando, meu maior sonho naquele momento era está dentro de casa, assistindo *Cavaleiros do Zodíaco* ou *Um Maluco No Pedaço*, mas não, estava na fogueira mesmo. Tinha mais de 15 caras, só eu e o Carlos de menor, eu estava com medo, porém o Carlos era o meu reflexo três vezes pior. Eles pararam de frente pra fogueira, mandaram todo mundo ir para o outro lado da rua e encostar na parede.

— Vai, caralho, pra parede, todo mundo porra!

Só ouvi quando alguém gritou: 'tem criança aqui!'.

— Foda-se, pra parede também, e já vou logo avisando, quem estiver sem documento vamos levar preso!

Quando ouvi aquilo, minhas pernas tremiam cada vez mais, quase não conseguindo ficar de pé. Lembrei na hora das palavras da minha mãe, pedindo pra eu andar com o meu documento aonde quer que eu fosse, mas nunca dei ouvidos para aquelas palavras, sempre deixava a identidade em cima da mesa.

— Filho da puta, o que você está fazendo na rua uma hora dessa!? — perguntou o policial pra mim.

— Eu moro aqui nessa rua! — eu respondi com a voz tremula, quase sem sair.

— Eu não perguntei onde você mora — disse o policial.

Nesse momento me levou para um canto, o Carlos começou a chorar.

— Me responde onde está a droga, ou melhor só aponta para o dono dela, nessa fogueira maldita.

Todos olhavam atentos pra mim.

— Não está com eles, já revistamos, você que vai dizer para gente onde ela está mocozada?

— Não tem droga nenhuma com ninguém — eu disse.

Quando ele fechou a mão e levantou para me dá um soco, minha mãe apareceu.

— Posso saber por qual motivo você tá levantando a mão pra ele? — perguntou ela.

— Você não, senhor! — disse o policial.

Na hora pensei, isso não vai prestar, e não deu outra.

— Que senhor o que, por acaso você é meu pai, pra mim te chamar assim? Na verdade, são vocês que tem que chamar os cidadãos de senhores, afinal de contas, somos nós que pagamos seus encargos, portanto, vocês tinham que tratar todos com mais respeito."

— E o policial? — perguntou Luana.

— Ele ficou puto da vida.

"— O que você quer aqui moça, não está vendo que isso é uma abordagem de rotina? — disse o policial.

— Sim, estou vendo sim, essa abordagem de rotina de vocês, agora pouco, se eu não chego aqui, você ia agredir o meu filho.

— Ah, esse aqui é seu filho, a gente pode muito bem levar ele para Febem — disse o policial.

— E por que vocês vão levar ele?

— Porque ele está sem documentos!

— Não seja por isso, acabo de trazer para vocês! — disse minha mãe.

— Vocês são tudo um bando de filhos da puta, seus favelados de merda.

Entraram no carro e foram embora".

— Vocês tiveram uma infância um pouco agitada né meu poeta? — perguntou Luana.

— Eu diria gostosa demais, a gente aproveitou todos os momentos.

— Quanta truculência da parte deles, então graças a Deus você se livrou de tomar uns socos, não tomou porque a sua mãe chegou — disse Luana.

— Pois é, a dona Maria não é mole não — eu disse sorrindo.

— Quero só vê a reação dela quando saber que a gente está namorando.

— E a gente está namorando? — eu perguntei sorrindo.

— Verdade né, não sei — disse ela sorrindo também.

— Dona Maria sempre deixou bem claro que o sonho dela é me ver feliz, como eu estou, tenho certeza que vamos ter o consentimento dela, vai apoiar nossas decisões.

— Que assim seja, meu lindo.

O dia em Fortaleza enfim chegou, a tão esperada Bienal do Livro.

— Luana, olha quantos livros, posso afirmar que estou no paraíso!

— Sim, você está no paraíso. Aproveita cada segundo disso tudo, ouve o que as pessoas têm a dizer.

— Sim, minha querida, o que eu mais sei nessa vida é ouvir, por conta disso venho aprendendo e vivendo coisas maravilhosas — eu disse.

Andamos um pouco e paramos em um estande, e lá estava a maravilhosa escritora Ryane Leão, autora do livro *Tudo Que Nela Brilha e Queima*, autografando e conversando com simpatia e leveza com todos os seus leitores. há poucos dias eu tinha presenteado a Luana com o livro dela, que por sinal estava encantada com as suas poesias, que realmente conversa com a gente. Conversamos alguns minutos com ela, que foi super atenciosa e autografou o livro, agradeceu a gente por ter adquirido seu livro.

Mais para frente vimos uma muvuca em outro estande, como sou curioso, fui até o local para conferir quem era, quando cheguei era o Jessé Andarilho, autor do livro *Fiel*. Explicando um pouco da sua trajetória, disse que não gostava de frequentar o ambiente escolar, se interessou pela literatura depois que leu o livro *No Coração do Comando*: "esse livro falava da minha realidade, depois eu quis conhecer mais livros que falavam desses assuntos, passei a escrever no bloco de notas do celular".

Aquela história me deixou maluco, porque ele era como eu, gente da gente, acreditou no sonho dele e seguiu em frente. Por que eu não podia fazer o mesmo?

Esperei um tempo para ir conversar com ele, meio em umas, vai saber a reação do cara.

— Fala, Jessé. Beleza, mano?

— Qual é rapa, fala tu?

— Da hora o seu livro, mano, gostei demais mesmo, tinha que ser leitura essencial nas escolas. Acorda, Estado! — eu disse.

— Duvido — ele disse sorrindo.

— Infelizmente é difícil mesmo, acordado eles estão, mas para roubar merenda e outras coisas. Eles não querem ver a molecada pensando de jeito algum — eu disse.

— Mesmo sem apoio dos governos, estou indo às escolas trocar ideia com a galera, mostrar que o livro é uma parada maneira, #andarilhonasescolas.

— Isso é muito bom, o livro, essas ideias trocadas, salva vidas mano, eu também estou na luta para lançar um livro — eu disse.

— Lançamento de livro é uma luta mesmo, quanto mais complicado, melhor fica — disse Jessé.

— Verdade, fico imaginando a emoção de ver o filho pronto o reconhecimento das pessoas. Só quem está envolvido sabe a luta e a dificuldade que é por falta de incentivo.

— Estou revisando e reescrevendo meu próximo romance, tudo parece fácil, mas enquanto não sai impresso com capa e tudo mais, a gente tem sempre que tentar melhorar, o que parece que já tá ótimo, sempre tem uma palavra melhor para colocar. Isso é o mais difícil, mas de resto é só saber o que quer escrever e deixar a história te guiar — disse Jessé.

— O meu primeiro quero lançar de poesias — eu disse.

— Isso aí, rapa. Força na caminhada. Pega o meu contato. Quando lançar esse livro, me avisa.

— Ô mano, valeu mesmo.

Saí feliz da vida, maluco humildade pura.

— Que bacana ele, né, Mateus? — perguntou Luana.

— Cara sangue bom demais, me passou o contato dele, você viu?

— Sim, meu lindo!

Compramos mais alguns livros, conversamos com outros autores, estou vivendo uma experiência única na minha vida, poder trocar com esses autores, só me faz ter certeza que é isso que eu quero para mim.

— Estou tão feliz por você, já disse e repito, você é grande, vai deixar sua marca na história — disse Luana.

— Só quero escrever, minha linda, deixar as histórias me guiar, assim como disse o Jessé.

Fomos para o hotel.

— Amanhã preciso ligar para o mestre, ver como estão as coisas por lá — eu disse.

— Sim, Mateus, fico muito preocupada com o Mauro — disse Luana.

— Ultimamente eu também estou, um sentimento ruim insiste em me rodear, mas deve ser coisa da minha cabeça.

— É coisa da sua cabeça, preocupação demais com ele — disse Luana.

— Posso dormir no seu quarto? — perguntou Luana.

— Lógico que sim, estou precisando do teu carinho.

Fizemos carinho um no outro a noite toda, Luana dormiu com a cabeça no meu peito.

No dia seguinte liguei para o mestre.

— Alô?

— Fala garoto, como vão as coisas por aí?

— Maravilhosamente bem, mestre, ontem troquei experiências com autores que admiro.

— Fico feliz, garoto, que está trocando com eles, isso só vai acrescentar na sua carreira e na sua vida.

— Sim, mestre. Até peguei o contato do Jessé Andarilho.

— Olha que maravilha. Conheço a história dele, acreditou no sonho e seguiu em frente, você só precisa fazer o mesmo.

— Sim, é isso que eu quero para minha vida.

— Assim que se fala, garoto!

— Mestre, como foi o julgamento?

— Garoto, a justiça condenou os dois polícias a 52 anos e 6 meses de prisão pelo assassinato dos jovens.

— A justiça foi feita, mestre, é claro que não vai trazer eles de volta, mas é um alento, creio eu, para família.

— Só tenho minhas dúvidas quanto ao comprimento da pena, garoto, sabemos que muitas das vezes eles não cumprem nem um 1/3 da pena e estão nas ruas novamente, se juntando aos milicianos, barbarizando quem mora nas quebradas.

— Nisso o senhor tem razão, infelizmente acontece com frequência.

— Mas vamos esperar e acompanhar tudo de perto. Quando vocês voltam, garoto?

— Temos mais três dias aqui, mestre, estou ansioso para voltar também, quero muito ver a Laura.

— Verdade, você me disse que a sua maninha estava para chegar de viagem, uma filosofa ainda por cima, que maravilha, vamos conversar bastante.

— Sim, mestre, ela vai adorar te conhecer e aprender com o senhor também.

— Vou aprender com ela também, vocês jovens me ensinam muito.

— Então até semana que vem, mestre.

— Até, garoto, se cuida e cuida da Luana, manda um abraço para ela — disse Mauro sorrindo ao telefone.

— Não entendi esse seu sorriso, mestre.

— Claro que sabe, e como sabe. Chegando aqui me conta as novidades sobre a Bienal.

— Está bem, mestre — disse não aguentando o riso — conto sobre as novidades sim.

— Fica com Deus, garoto, muito axé.

— Fica com Deus também, mestre, axé.

— Como ele está? — perguntou Luana.

— Está bem, graças a Deus, falou do julgamento.

— Ouve condenação? — perguntou Luana.

— Sim, meu amor, 52 anos e 6 meses de condenação.

— Espero que cumpram esse tempo — disse Luana.

— Sim, eu também espero.

— Mas sabemos que a realidade não é essa, o máximo que eles vão ficar na cadeia é uns cinco anos! — afirmou Luana.

— Será que vai ser só isso de pena que esses caras vão cumprir? — eu perguntei.

— Provavelmente sim, meu poeta, bom comportamento, essas coisas todas, na visão da justiça do nosso país.

— Está mais que provado, a lei aqui só pesa para um lado e no fim todos sabem quem dança, dança essa que não é de alegria, é de dor e desconfiança, mas eu luto por liberdade e igualdade para acabar de uma vez por todas com essas injustiças.

— Você falando assim fico até com medo.

— Medo do que? — eu perguntei.

— Do que possa vir acontecer com você, meu lindo. As pessoas nesse mundo são muito perversas.

— Como eu falo, Luana, se for por uma causa estou disposto a morrer por ela.

— Não gosto nem de pensar nisso, nessa parte eu sou egoísta, quero você para mim e nossos filhos, mas entendo que essa é a sua missão.

— Sim, minha linda, mas não vai acontecer nada demais — eu disse sorrindo.

— Vamos esquecer esse assunto por hora, Mateus, amanhã vamos ficar o dia inteiro na praia — disse Luana.

— Qual praia vamos amanhã? — eu perguntei.

— Praia do futuro, dizem que lá é maravilhoso.

— Que assim seja — nos abraçamos e sorrimos.

— Sabia que você é linda, Luana?

— Muito obrigado, meu poeta preferido, você também é lindo.

— Vou escrever um pouco — eu disse.

— Tudo bem, vou deixar você se concentrar.

CAPÍTULO 16

Mauro foi buscar a gente no aeroporto. Quando o vi lhe dei um abraço mais que apertado, e ele fez o mesmo.

— Estava com saudades, mestre — eu disse.

— Nem me fala, garoto, eu também estava morrendo de saudades. Como vai, Luana. Tudo bem?

— Sim, Mauro, tudo bem e com alguns aprendizados na bagagem — disse Luana.

— Isso é muito importante, está disposto a aprender, isso sei que vocês têm de sobra. Vamos fazer o seguinte, ao invés de levar vocês para casa, vamos almoçar nós três. O que acham? — perguntou Mauro.

— Perfeito para mim — disse Mateus.

— Para mim tudo bem também — disse Luana.

Mauro já tinha me levado naquele restaurante. Particularmente não gostei muito, pois só tinha eu, ele e os garçons de pretos. Como diz a Elisa Lucinda, "racismo é uma doença e a cura existe! Se eu sei onde encontrar preto e onde encontrar branco, tem apartheid!"

— Não sou muito chegado nesse restaurante, mestre, mas tudo bem — eu disse.

— Garoto a gente precisa ocupar esses espaços, precisamos combater esse câncer chamado racismo, se a gente não começar a ocupar, ele vai se perpetuar cada vez mais.

— Sim, mestre, o senhor tem razão. O racismo não é um problema dos pretos e sim dos brancos, porque são eles que impuseram esse mal para humanidade.

— Concordo contigo, garoto. Você consegue me entender quando falo em ocupar espaços?

— Sim, mestre, eu entendo, mas não é fácil esses olhares discriminatórios.

— Se impõe, garoto, nunca deixa ninguém falar ou insinuar que você é menos.

— Isso eu não deixo nunca mais, mestre. Aprendi com o senhor e o meu outro professor Malcolm X a não abaixar a cabeça para ninguém — eu disse.

— Garoto, fico feliz com a sua evolução. Precisamos do conhecimento, ainda mais nessa sociedade que vivemos, maldosa, perversa e racista, sempre com aquele discurso pronto de meritocracia.

— O racismo passou pelo Brasil Colônia, Brasil Império e é mimimi e vitimismo no Brasil República — eu disse.

— Sim, garoto, é bem assim mesmo, sociedade cega, na verdade não quer enxergar o que está na frente de todos.

— Mestre, concluí as poesias, terminei na viagem.

— Olha que ótima notícia, quer me mostrar agora ou outra hora? — perguntou Mauro.

— A gente almoça, leva Luana na casa dela e sentamos para o senhor analisar, isso é se não tiver compromisso?

— Claro, claro, podemos fazer isso sim — disse Mauro.

Nós terminamos o almoço e fomos deixar Luana na casa dela.

— Foi tudo maravilhoso, Luana, ficar ao seu lado esses dias, você me transmite paz, espero que se repita e que passemos muitos momentos como esses juntos — eu disse.

— No que depender de mim, isso vai acontecer sempre, Mateus. Aprendo com você todas as horas do meu dia quando estamos juntos, tenho certeza que estou fazendo a escolha certa — disse Luana.

— Fico feliz em ouvir isso, Luana.

— Quando você terminar com o Mauro, me manda mensagem para eu ficar mais tranquila em saber que está em casa.

— Tudo bem linda, mando sim!

Nos despedimos com um abraço.

— Então quer dizer que o durão cedeu aos encantos da moça? — perguntou Mauro sorrindo.

— Ela é encantadora mesmo, mestre, estou completamente apaixonado por ela.

— Como é bom está apaixonado por uma pessoa e a mesma está por você.

— É bom demais, mestre. Mesmo com toda a minha resistência cedi aos encantos dessa mulher — eu disse.

— Isso aí, garoto, se joga de cabeça, não tenha medo de nada, a vida da gente é muito curta, a qualquer momento podemos não está mais presente nesse plano.

— Já vem o senhor com essas conversas de morrer, mestre.

— Todos nós vamos garoto, única certeza na nossa vida — disse Mauro sorrindo —

cadê as poesias?

— Claro, mestre, vou mostrar para o senhor, é sensacional quando a gente se descobre e fazemos as coisas que amamos.

— E como é, garoto, eu sou prova viva disso.

— Todas elas estão aqui, mestre — eu disse.

— Ô louco, que coisa linda, garoto, uma sugestão, essa do Malcolm X coloca no início do livro.

— Sim, mestre, já tinha comentado com a Luana, foi onde tudo começou, através dela que eu passei acreditar que sou capaz de voar o mundo.

— Pode ter certeza que o mundo é teu, garoto, vai mudar o mundo de muitas pessoas — disse Mauro sorrindo.

— O senhor falando assim eu até acredito, mestre.

— É para acreditar mesmo, porra, você tem um potencial gigante garoto, basta enxergar, com o tempo você vai descobrindo. Posso ficar com esse material? Esqueci de te perguntar, você vai querer ilustrações no livro? — perguntou Mauro.

— Sim, mestre, mas não em todas as poesias, só em algumas — eu disse.

— Pode deixar, vou falar com um amigo meu, a filha dele desenha e se descobriu artista há pouco tempo, assim como você. Já vi alguns desenhos dela, são lindos — disse Mauro.

— Se ela aceitar, vai ser o nosso primeiro trabalho depois de perdermos os nossos medos?

— Não digo medo, porque todos nós temos, alguns conseguem lidar com eles melhor do que outros, eu diria que vocês encontraram a confiança que há dentro de nós, quando a encontramos somos capazes de fazer coisas espetaculares, e é isso que você e a Jessica estão fazendo.

— Espero que ela aceite, vai ficar um trabalho e tanto nosso.

— Assim que eu gosto de te ouvir falando, com entusiasmo e cheio de confiança de si.

— Daqui pra frente vai ser assim, mestre, em tudo que eu me propuser a fazer, pode ter certeza disso.

— Eu tenho sim, garoto, você vai fazer muitas coisas para o seu povo.

— Assim como o senhor vem me ensinando.

— Que isso, garoto, essa é a minha missão, plantar sementes — disse Mauro sorrindo — Mateus sabe aquele líder comunitário que foi morto cerca de um mês e pouco atrás?

— Claro que sei, mestre, o Claudinho, era gente boa demais, fazia de tudo para ver o progresso das crianças, ninguém sabe até hoje direito como ele morreu, falam que ele tinha uma reunião com empresários, para levantar fundos para festa das crianças. Naquele mesmo dia, quando chegou no local marcado, levaram o relógio e a corrente dele, tudo indica que foi um latrocínio (roubo seguido de morte).

— É o peixe que venderam, garoto, justo no local do crime as câmeras estavam desligadas. No depoimento dos seguranças do prédio onde seria a reunião, os dois eram ex-policiais e são seguranças do Flávio.

— Não acredito, mestre, o Tom ficou maluco quando mataram o Claudinho, ele sempre fortaleceu o Tom nos momentos mais difíceis da sua vida, não o deixando mais passar fome e as coisas básicas. Ele quer descobrir de qualquer jeito quem foram os assassinos — eu disse.

— Então, no depoimento, eles caíram em contradição várias vezes, a polícia optou pela prisão preventiva deles, foi quando um disse que não ficaria preso sozinho. Lembra que eu te falei que tenho documentos, áudios e alguns vídeos que comprovam mortes de ribeirinhos? A do Claudinho também está nesse meio todo.

— Mas por que eles mataram o Claudinho, mestre? — eu perguntei.

— Segundo eles, o Claudinho tinha um poder de persuasão muito forte com as pessoas da favela, isso atrapalharia os planos deles que estão querendo construir um templo dentro da favela, e o Claudinho era contra essas igrejas que abusam da fé das pessoas para pedir dinheiro. Só liquidando ele para ter o acesso desejado dentro da favela para construir o templo — disse Mauro.

— Mas tem o Tom, mestre!

— De início não vai atrapalhar em nada nos negócios do Tom, agora quando eles tiverem instalados lá dentro, vão dar um jeito de exterminar ele também.

— Caramba, mestre. Como o senhor sabe disso? Quem é essa fonte que passa esses vídeos, áudios e documentos? — eu perguntei.

— É o secretário do Flávio!

— Então ele não é de confiança, mestre?

— É sim, ele calculou tudo, o pai dele, o Roberto, era engenheiro da construtora do Flávio, um daqueles funcionários que viviam para empresa, super dedicado e competente. Certo dia, Fernando ainda criança falou que o Roberto o xingou, por puro capricho de criança mimada que ele sempre foi, então o Flávio humilhou Roberto na frente de todos e ainda o mandou embora — disse Mauro.

— Sempre esse Fernando achando que o mundo gira em torno dele, por isso que eu não pensei duas vezes em o acertar no parque.

— Pois é, garoto. Esse menino é mimado desde criança pelo papai, por isso que é assim. Essa demissão do Roberto lhe causou sérios problemas de saúde, acarretando em uma depressão profunda que o levou a cometer suicídio. Foi então que o Lucas decidiu que iria de alguma maneira acabar com os dois, virou secretario de confiança de Flávio.

— Mas se eles descobriram que o Lucas é filho do Roberto? — eu perguntei.

— Flávio sabe, mas a soberba dessa gente é enorme, eles acham que são intocáveis, que tudo podem é que estão levando eles para o buraco, confiam cegamente no Lucas, jamais passou pela cabeça deles que o Lucas é o responsável por esses documentos, eles desconfiam que quem está por trás dessas informações que estou obtendo é algum político, que faz sentindo também. Como ele financia muitas campanhas para tirar proveito lá na frente, com licitações, acaba ficando na mão de alguns políticos também. Lucas conseguiu colocar câmeras e escutas escondidas dentro do escritório de Flávio, onde acontece algumas reuniões sobre propinas, licitações e infelizmente assassinatos, foi assim que descobrimos sobre a morte do Claudinho, e pelo andar da carruagem os seguranças de Flávio vão abrir o bico em uma futura delação premiada.

"Tem conversas do Flávio com Paulo pedindo para ter um pouco mais de paciência, porque já tinha mandado providenciar a cabeça daquele líder comunitário que estava atrapalhando o caminho, é quando Paulo diz:

— Olha você contrata profissionais, porque não pode ficar vestígios nenhum com o meu nome.

— Está tudo sobre controle, ele vai participar de uma reunião com uns amigos empresários, quando estiver chegando no local, um profissional experiente vai chegar de moto e simular um assalto executando o serviço com êxito, pode confiar em mim, as câmeras não estão funcionando a alguns meses já, justamente para acontecer essa surpresa para esse tal líder comunitário — diz Flávio no vídeo".

— É muito grave o que esses dois fizeram, mestre — eu disse.

— E como é, garoto. Esse é o mundo em que vivemos — disse Mauro.

— Como pode uma pessoa que se diz cordeiro de Deus praticar o mal de uma forma tão cruel, mestre?

— Esse mundo está cheio de lobo em pele de cordeiro, garoto, muita maldade.

— Claudinho só fazia o bem para aquela comunidade. Lembro quando era criança. Ele foi atrás de parcerias com os funcionários de uma montadora de carros para apadrinhar as crianças da vila, todos nós ganhamos roupas, tênis e brinquedos, um dos melhores dias das nossas vidas, eu, Carlos, Laura e o Tiago transbordávamos de felicidade.

— Ele fez muita coisa pra comunidade, andei conversando com alguns moradores de lá, me relataram muitos feitos dele — disse Mauro.

— Sim, mestre, Claudinho estava sempre disposto para ajudar o próximo, ele fazia o que Eduardo Galeano dizia: "eu não acredito em caridade, eu acredito em solidariedade. Caridade é tão vertical: vai de cima pra baixo. Solidariedade é horizontal: respeita a outra pessoa e aprende com o outro". A maioria de nós tem muito o que aprender com as outas pessoas. Esse era o Claudinho também — eu disse.

— Conversei com o pastor Mauricio, um dos melhores amigos dele, relatou que Claudinho era ateu, mas respeitava todas as religiões, praticava um dos mandamentos mais lindo que existe: amar o teu próximo como a ti mesmo, não existe qualquer outro mandamento maior que esse — disse Mauro — não aceitava de jeito nenhum, alguém abusar da fé das pessoas em qualquer religião que fosse.

"Mauricio disse que ele sempre falava:

— Sei que você prega a palavra, meu amigo, mas tem muitos por aí que só querem ganhar dinheiro vendendo esse Deus que vocês acreditam.

— A gente sempre teve um diálogo bom, eu sei Claudinho, isso infelizmente acontece em todas as religiões, a vaidade do homem é gigante, vai além de muitas coisas. Ego todos nós temos, basta sabermos controlar, mas alguns se acham Deus.

— Por isso que eu gosto de conversar com você, pastor, o senhor fala a minha língua — dizia Claudinho."

— Não é perigoso, mestre, eles pegarem o Lucas? — eu perguntei.

— Perigoso não deixa de ser, garoto, mas ele está disposto a acabar com eles, ninguém vai tirar essa ideia da cabeça dele. — disse Mauro.

— Igual tirar da cabeça do senhor para não publicar todo esse material, né?

— Exatamente, esse é o meu serviço para com a sociedade, sinto que estamos no caminho — disse Mauro.

— Quando o senhor vai publicar esse material, mestre?

— Depois do evento *A Arte Salva*. — disse Mauro.

— Está certo, mestre! Falar no evento, estou querendo lançar o livro lá, mestre, perto do meu povo, o que o senhor acha?

— Acho maravilhoso a sua ideia, vamos trabalhar para isso então garoto. Vou falar com a Jessica amanhã mesmo, contar do seu projeto, um pouco da sua história, se ela se sentir confortável e aceitar o convite, fará as ilustrações.

— Espero que ela aceite, não vejo a hora de ver esse filho pronto — eu disse.

— Eu também não vejo a hora desse momento chegar, quero ver a satisfação estampada no seu rosto, aquele desejo de começar a escrever outro. Uma vez que começa não quer mais parar — disse Mauro.

— É tudo que eu mais quero, viver da minha arte. Deve ser demais trabalhar com aquilo que ama fazer — eu disse.

— Não tem coisa melhor, garoto, viver da sua arte.

— Mestre, quando eu estava escrevendo um dos poemas, o *Utopia*, minha sobrinha Gabriela acordou no meio da noite chorando, dizendo que teve um sonho comigo. Ela me deu um abraço mais que apertado, disse que no sonho uns homens vinham me matar por causa dos serviços que eu estava fazendo na favela.

— Que sonho, garoto. Esse amor que você está sentindo pela arte, essa nova fase da sua vida, de alguma maneira transmitiu para ela e ela acabou sonhando — disse Mauro

— Sim mestre, ela é o meu grude — eu disse sorrindo — essa revelação que o senhor fez sobre o Claudinho não sai da minha cabeça, como pode, essas pessoas são muito do mal.

— Garoto, eu tenho esperança em um mundo melhor sim, mas é uma luta que por enquanto não vejo fim. Quando alguém se proponha a lutar por uma causa, algumas vezes é traído por alguém do seu povo; foi assim com o irmão Malcolm, Martin recebia diversas críticas do seu povo, com Luís Gama não foi diferente; a alienação é um mal que persiste em assombrar o povo, infelizmente alguns contribuem para que isso permaneça, não querendo ir para o caminho do bem, do coletivo, Harriet Tubman foi uma abolicionista norte-americana que lutou pelos negros, inclusive na guerra civil, ela dizia que libertou mais de mil escravos, poderia ter libertado mais mil se eles soubessem que eram escravos.

— Forte essa frase dela, hein, mestre?

— Sim, garoto, forte, não deixa de ser uma verdade, muitos irmãos vivem em uma alienação profunda, não querendo o conhecimento de jeito algum. Tudo que o sistema quer e admira em um negro, a submissão — disse Mauro.

— No que depender de mim, isso acaba, mas tenho ciência que a luta é árdua — eu disse.

— E como é, garoto, mas a luta continua — disse Mauro.

Meu celular começou tocar, o número era não identificado, falei que não ia atender.

— Atende, garoto, está com medo do que? — perguntou Mauro.

— Que medo o que, meu senhor! Alô?

— Oi, princeso. Tudo bem?

Só tinha uma pessoa que me chamava daquele jeito, era a Laura.

— Oi, princesa. Estou bem e você?

— Estou bem também, louca para te vê!

— Você já chegou no Brasil?

— Sim, cheguei ontem!

— E por que não me avisou?

— Avisei sim, para os meninos, Carlos e o Tiago, você não estava aqui, estava viajando, seu vagabundo.

— Cheguei hoje de Fortaleza, estou com o Mauro.

— Estou sabendo meio por cima do Mauro. Tem mais alguém com vocês?

— Não, só nós dois.

— Sei, sei — disse rindo.

— Só não entendi o motivo do riso?

— Nada, princeso, achei que a Luana estava com vocês.

— Aqueles dois já falaram um monte de coisas para você, né?

— Nada disso, nem estou sabendo de nada, você que vai me contar tudo — disse rindo.

— A ironia continua a mesma, né, dona Laura?

— Eu nem falei nada, estou com saudades!

— Eu também estou!

— Se der passa aqui na casa da tia Rosa, o Carlos está aqui também.

— Então quer dizer que vocês estão na casa do Tiago?

— Sim, o chato do padrasto dele não está.

— Isso é muito importante, estou indo para aí, beijo — eu disse sorrindo.

— Beijo, chatão!
— Laura chegou, mestre!
— Que bom garoto, logo, logo eu a conheço — disse Mauro.
— Ela também vai querer conhecer o senhor.
— Vai lá então, se encontrar com eles.
— Sim, mestre, até mais.
Nos despedimos com o nosso abraço de sempre.

CAPÍTULO 17

Fui o mais rápido que pude para casa do Tiago.

— Então é aqui que a panelinha se encontra. Vocês não têm vergonha de ficar nas casas, seus vagabundos — eu disse sorrindo.

— Princeso, como você está lindo com essa barba e esse cabelo — disse Laura.

— Você também está linda com essas tranças!

Nos abraçamos e por alguns instantes viajamos no tempo com aquele abraço que não dávamos há anos.

— Estou sabendo que temos um escritor na área. É isso mesmo? — perguntou Laura.

— Sim, um escritor em formação, acabei de deixar as poesias com o Mauro.

— Que orgulho que eu tenho desse garoto.

— Para quem corria de livros, né, Laura? — perguntou Tiago.

— Pois é, as cosias mudam, estou felizona com tudo que está acontecendo com a gente. Lembram quando a gente dizia que íamos ganhar o mundo, só não sabíamos como, na verdade nem a gente acreditava naquelas palavras proferidas por nós — disse Laura.

— Uma vez fui para casa e fiquei me perguntando: "ganhar o mundo como, se a gente não gostava nem de ir para escola?" tirando a Laura que sempre foi a mais estudiosa, a nerd de nós quatro — disse Carlos.

— Mateus tinha aquele sonho de ser jogador de futebol, ele falava para gente, vou melhorar a vida de todo mundo ainda — disse Tiago.

— Ele está no caminho certo, não estava errado quando dizia isso, só que através das palavras. Ele vai melhorar a vida de muitas pessoas — disse Laura.

— A Laura sempre dizia: "eu quero ser professora" e não é que a garota virou mesmo? Formada na Sorbone e na The University of Alabama, falando três idiomas, inglês, francês e o alemão, que mulher é essa? — eu perguntei sorrindo.

— E temos o nosso John Coltrane, que logo vai estudar música na Berklee College of Music (faculdade Berklee de Música), né, Carlos? — perguntou Laura.

— Só não sou o novo John Coltrane, esse homem é incomparável, mas vou estudar para me tornar um dos melhores sax tenor que já existiu! — disse Carlos.

— Você toca com a alma, Carlos, tudo que um artista precisa é se entregar de corpo e alma no seu seguimento, você faz isso muito bem, transmite uma paz enorme quando toca, você vai longe, meu amigo — disse Tiago.

— Meninos, tenho uma proposta para fazer a vocês, o que acham dá gente passar o dia de amanhã juntos e depois irmos assistir o filme Pantera Negra que estreou ontem nos cinemas? — perguntou Laura.

— Ótima ideia — disse Tiago.

Eu, Carlos e a Laura nos despedimos da tia Rosa e do Tiago e fomos andando. Carlos ficou no caminho na sua casa, só restou eu e a Laura, como sempre era quando éramos mais novos.

— E aí, princesa, voltou para ficar um tempo aqui no Brasil ou vai embora logo? — eu perguntei.

— Princeso, vou ficar bastante tempo aqui, mas não vou deixar de ir para lá, pedi licença das aulas na faculdade que leciono, sinto que preciso ajudar o nosso povo junto com um escritorzinho aí — disse Laura dando risada.

— Pode ter certeza que eu e uma professorinha aí vamos fazer a diferença na vida de muitos, mas temos que estar cientes que a luta é intensa, árdua e perigosa — eu disse.

— Eu aprendi uma coisa com a professora Ângela Davis, que vou carregar para o resto dos meus dias nesse plano, ela me disse uma vez depois da aula, "revolução é uma coisa séria, a coisa mais séria na vida de uma pessoa revolucionária. Quando alguém se compromete com a luta, deve ser para sempre". Isso me marcou de uma forma profunda, que esse desejo de ajudar o nosso povo emanou de uma maneira em mim que não consigo explicar — disse Laura.

— Sei bem o que é isso que está sentindo, essa gana por justiça, igualdade e liberdade explodem nas minhas veias a todo momento — eu disse — essa sede de justiça eu tenho desde pequeno, agora jamais imaginei que seria um escritor que luta pelos direitos do povo, eu morria de vergonha para tudo. Na escola então, eu sentava no fundo da sala, achando que ficaria invisível aos olhos da professora para não me perguntar nada. Eu tinha uma vontade enorme em aprender, mas pra mim, no meu íntimo, eu não era capaz de aprender nada, infelizmente cresci com isso, me sentia um nada.

Depois que adquirir um pouco de conhecimento, percebi que somos moldados a nos sentirmos assim, é mais fácil para o Estado virarmos estatísticas, mas graças a leitura conheci o caminho da luz. Quero mostrar esse caminho para o nosso povo, tão subestimado e submisso a essa sociedade que só nos maltrata todos os dias.

— Que isso, hein, princeso? Não imagina o quão orgulhosa eu fico ouvindo você falando assim, sedento por conhecimento. Lembro como se fosse hoje de quando nós dois sentávamos lá no morro e conversamos sobre vários assuntos, você me falava dos resultados dos jogos da NBA, o quão fascinado era pelos tênis dos jogadores, sempre me falava: "ainda vou ter vários Laura, você vai ver", eu para te contrariar falava que achava horrível aqueles tênis cheio de cores e ainda por cima de cano alto, mas no fundo os achava lindos e a sua cara.

— Verdade, né? Sempre tive esse fascínio por tênis, ainda tenho, mas naquele tempo não entendia muito o porquê, se não tínhamos nem condições de comprar um chinelo de dedo — eu disse.

— Lembro que um dia você veio com o jornal me mostrando o tênis que o Jordan jogou as finais contra Utah Jazz.

— Também lembro desse dia, você dizendo "que tênis feio", só para me deixar bravo. Através dos livros consegui entender esse amor pelos tênis que sinto até hoje.

— O que você descobriu, princeso?

— Que os nossos ancestrais, os escravos não eram considerados cidadãos, eles estavam na mesma categoria de gado bovino, por exemplo. Quando libertos, a primeira medida do negro (quando fosse possível) era comprar sapatos, símbolo de sua liberdade, e, de certa forma, inclusão na sociedade formal. O significado da "conquista" dos sapatos era tão profundo que, muitas vezes, eles eram colocados em lugar de destaque na casa (para que todos vissem). Ao chegar ao terreiro[11], contudo, transformando magicamente em solo africano, os sapatos, símbolo para o negro de valores da sociedade branca, eram deixados do lado de fora. Eles estavam (magicamente) em África e não mais no Brasil. No solo africano (dos terreiros), eles retornavam a sua condição de guerreiros, sacerdotes, príncipes, caçadores e etc.

— O que é isso, hein, uma verdadeira aula, explica bem essa magia que você tem com os tênis, vem dos nossos ancestrais — disse Laura.

— Por isso que agora sempre que posso, compro o tênis que eu quero — eu disse.

— Está certo, princeso. Eu amei esse Jordan que você está nos pés.

— Essa coisa de andar com tênis diferente do comum, fazia eu me sentir uma pessoa poderosa sabe, assim como os nossos ancestrais, meio surreal, mas era assim que eu me sentia.

— Consigo te entender, Mateus, nós e as nossas armaduras para encarar esse mundo de frente, desde pequenos.

— Até que estamos indo bem nessa batalha que estamos travando, viu? — eu disse sorrindo.

— Mateus, o que você acha dá gente sentar lá no morro como fazíamos?

— Acho sensacional, mas está tarde, né?

— Sempre cauteloso. Vamos viver, o que você acha?

Sorri da maneira como ela falou.

— Sempre chato, né?

— Não tenha dúvidas, cara, sempre chato — disse Laura — vamos subir?

— Vamos, princesa

Sentamos e começamos a conversar. Peguei o celular, coloquei em uma playlist que eu gosto de ouvir quando estou correndo, que por sinal

---

[11] ORILEMPE, Iyewatobi Eniolá. **Sapato ou pés descalços**: qual o verdadeiro fundamento?. 2020. Facebook: Candomblé Fé Ostentação. Disponível em: https://m.facebook.com/177230469143104/photos/a.1772343 65809381/190129124519905/?type=3. Acesso em: 9 ago. 2020.

grande parte das músicas eram quando escutávamos juntos, discordando qual gostávamos mais, como sempre discutíamos. Comecei com *Dear Mama* do Tupac.

— Ainda não gosta dele? — eu perguntei.

— Eu sempre gostei desse cara, ele mudou muitas vidas, principalmente no gueto, falava que preferia o Big só para te deixar bravo e conseguia, né?

— E como eu ficava, não aceitava quando falava mal dele — eu disse.

— Eu sabia, por isso que falava — disse Laura sorrindo.

— Bem a sua cara fazer isso comigo.

— Sempre gostei dos dois, duas feras indomáveis, pena que caíram em cilada, no jogo da mídia, o desfecho todos nós sabemos. Mas me conta aí, e a Luana? é sério essa coisa de namoro?

— Lá vem você!

— Lá vem eu o que? Quero saber de tudo que se passa com o meu princeso — disse Laura sorrindo.

— Como se eu não te conhecesse, né? Lógico que eu sei que quer saber de tudo.

— Logo uma branca, vagabundo? — perguntou Laura sorrindo.

— Pois é, resisti bastante Laura, para não acontecer nada, mas o convívio diário me fez ver que quando bate a coisa chamado amor não tem jeito. Ainda mais sendo uma pessoa que tem os mesmos ideais que a gente, é contra injustiças, mesmo vindo de uma classe social diferente da nossa, sabe? É daquelas que pula na frente de um racista — eu disse.

— Isso que a branquitude precisa entender, mas eles não entendem e não querem entender — disse Laura.

— Eles não querem mesmo, preferem viver com os seus privilégios, acreditando em meritocracia. E foi assim, fui percebendo essas atitudes nela, aquela sede de justiça sabe. Ela namorava um playboy aí, herdeiro da FF Construtora. Quando viu o lindão aqui, se apaixonou — eu disse sorrindo.

— Você se acha, né, Mateus?

— Odeio quando você fala isso!

— Eu sei, por que acha que eu falei?

— Você não perde essa mania, né?

— Nunca vou perder — disse Laura sorrindo.

Se vê que ela tem caráter, para largar o herdeiro da maior construtora do país para ficar com você.

— Você está demais hoje, hein?

— Estou brincando, você é meu princeso, com um caráter do tamanho do mundo, com uma sede de justiça enorme, está fazendo e vai fazer muito mais pelo nosso povo — disse Laura.

— Vamos juntos, princesa.

— Quero conhecer a Luana logo, que deixa o rapazinho aqui com esse sorriso de orelha a orelha, toda vez que fala o nome dela.

— Caramba você tirou o dia para tirar uma com a minha cara.

— Só estou falando verdades — disse Laura sorrindo.

— E você? O que me conta de bom? — eu perguntei.

— Eu estava ficando com uma pessoa, antes de vir para cá!

— O cara é sangue bom?

— Gente boa sim, gosto de ficar na companhia dele, porém ele queria casar de imediato, sabe? Você me conhece bem, ele tem umas manias de querer impor coisas que devo ou não devo.

— Péssimo começo. Vai impor algo em uma pessoa que desde pequena não aceita que ninguém lhe dê ordens. Esse se deu mal.

— Sim, querendo mandar nas minhas roupas, que horas vou sair do trabalho, com quem vou sair, querendo que eu seja submissa a ele. Aí não dá, né?

— Lógico que não dá, costumo dizer que nem homem e nem mulher é terra para um ter posse do outro.

— Exatamente isso que eu penso, mas tem pessoas que insistem em querer mandar nas outras. Algumas brasileiras e até americanas me abordavam nas ruas ou na faculdade mesmo, para falar sobre abuso dos companheiros delas, se eu poderia ajudar de alguma forma. Eu sempre falava para elas serem fortes, não deixar homem nenhum encostar a mão nelas. Tem homem que faz a companheira se sentir um lixo com os seus discursos que a mulher dele não presta para nada, "se não fosse eu na sua vida, você não seria ninguém", nas palestras que dou, uso exatamente essas palavras, é quando muitas mulheres não aguentam e começam chorar. A dor que elas sentem ao ouvir isso é imensurável. Chega um momento na vida que elas passam acreditar que não prestam para fazer nada mesmo, como eles afirmam. O machismo está enraizado na sociedade, o nosso papel é desconstruir esse mal, colocar esses machos escrotos no devido lugar, caras que acham que a força está no órgão sexual, que uma mulher só presta para deitar na cama e abrir as pernas — disse Laura.

— Tem muitos que não aceitam a igualdade entre mulheres e homens, são misóginos, se acham no direito de ceifar a vida das mulheres pelo simples fato delas colocarem um fim no relacionamento.

— Temos um trabalho imenso pela frente, Mateus. Você está disposto a continuar com essa luta? — perguntou Laura.

— É o que eu mais quero, Laura! — eu disse.

— Tiago e o Carlos escolheram as profissões bem diferente das nossas, fico superfeliz por eles — disse Laura.

— Não foi a gente que escolheu profissão alguma, foi a causa que nos escolheu. Somos reais, vamos lutar até o fim — eu disse — Laura, vai rolar um evento aqui na favela, sabe? Várias atrações confirmadas, o nome do evento é *Arte Salva*, eu quero que participe, subindo no palco, nos acalentando com a sua oratória brilhante. Eu e o Mauro estamos correndo para lançar o meu primeiro livro no evento.

— Claro que eu quero participar, para o nosso povo ainda — disse Laura.

— Carlos vai se apresentar, tocando o sax dele — eu disse.

— Vai ser lindo esse evento! — afirmou Laura — vagabundo, vou caminhando para casa está bom?

— Está tranquilo você ficar por lá? — eu perguntei.

— Está sim, consigo conviver com meu pai, uma relação bem diferente de um pai e uma filha sabe, quase não nos falamos quando estamos juntos.

— Também, depois de tudo que aconteceu, acho que não poderia ser diferente, né? — eu perguntei.

— Então, Mateus, eu já senti muito ódio dele, mas conforme o tempo foi passando a ferida foi secando, porém nunca cicatriza, infelizmente vou carregar para o resto da minha vida.

— Como é triste isso, Laura, confesso que em vários momentos pensei em dar um fim nele, ou pedir para o Tom, mas ao mesmo tempo vinha você na minha cabeça.

— Graças a Deus você não fez ou mandou fazer, levar um peso desses para o resto da vida, ninguém merece, apesar de todo mal que ele me fez é meu pai, de alguma forma ele está pagando o mal que me fez, e para minha mãe. Tia Joana me contou que ele batia muito nela, ficava com outras mulheres, não aceitava que a minha mãe trabalhasse, dizia que mulher dele não trabalhava, tinha que cuidar da casa e servi-lo.

— Essa é a mentalidade de muitos homens ainda — eu disse.

— Hoje o pouco que conversei com ele, ele me pediu pra eu o acompanhar em uma consulta na semana que vem, ele está com a saúde bem debilitada.

— Você vai? — eu perguntei.

— Vou sim, não se paga o mal com mal, isso eu aprendi na filosofia.

— Tá certa. Você tem um coração de ouro.

— Espero que ele se arrependa de todo mal que fez, ainda mais agora, vivendo sozinho com essa doença que ele está.

— Mas você vai ficar morando com ele? — eu perguntei.

— Não, vou alugar uma casa, mas não vou deixar de ajudá-lo, no que ele precisar e estiver ao meu alcance, vou fazer.

Descemos do morro e ficamos conversando na rua, quando avistamos uma BMW vindo em nossa direção, ouvindo, *eu sou 157* no talo, parou na nossa frente, era o Tom.

— Fala, Mateuzinho. Tranquilo, meu amigo? — perguntou Tom.

— Aí sim em Tom, está bonitão nessa nave!

— Todo mundo acha, Mateuzinho — disse Tom sorrindo.

— Lembra da Laura?

— Logico que lembro!

Desceu do carro e nos cumprimentou.

— Tá vindo de onde, Tom? Difícil você andar de carro na favela essa hora da noite.

— Fui levar o dinheiro do arrego, pra garantir que não tenha esculacho com morador no dia do evento. Aproveitei e estava vendo a quebrada, se tá tudo em ordem, um soldado meu, falou que na favela do "quebra coco" que fica lá pra cima tem uns moleques roubando morador, esculachando todo mundo. Você tá ligado que isso é uma coisa eu não admito.

Se tá nessa vida que nóis tá, não pode vacilar, Mateuzinho, ainda mais com morador. Até pra ser ladrão tem que ter disposição, correr pelo certo, proteger a sua quebrada, entendeu? Se eu pegar roubando morador aqui, vai ser sem ideia, nóis só é ruim com quem vacila, viu moça — disse Tom.

— Desde pequeno a gente comentava isso na escola, que não é qualquer um que serve pra ser criminoso, tem muito emocionado, que entra achando que é lindo, esses só fazem merda — eu disse.

— Mas enquanto eu tiver por aqui, não vou deixar essas paradas acontecer, tem que respeitar morador, independente da vida que nóis leva, eu preciso respeitar vocês, pra vocês terem esse respeito comigo certo. Eu e esse rapaz nos conhecemos a muito tempo, e desde então a gente se ama, dona Maria já matou muito a minha fome, minha gratidão por vocês é eterna, a maioria das pessoas, quando nóis tem essa vida, se aproxima da gente por interesse, dá abraço de crocodilo em nóis, vocês eu sei que são de verdade. Preciso passar qualquer hora pra ver a tia Maria, comer aquela comida gostosa dela.

— Pode ter certeza que ela vai gostar demais da sua visita. Tom, a Laura é filósofa, vai palestrar no evento também — eu disse.

— Das vezes que eu encontrava com o Mateuzinho, ele sempre falava de você, viu, Laura? Falava que vocês dois iam mudar a vida de muita gente. Quando eu perguntava como, ele não sabia me responder com clareza. Tá aí a resposta, rapaz, vão mudar a vida de muitos com palavras, livros e experiências que vocês vivenciaram. Sinto muito orgulho de você, meu irmão que a vida deu, sinto orgulho de você também, moça, vocês podem contar comigo no que precisarem. Bom, vou indo nessa, foi um prazer encontrar você, Laura, mesmo você não lembrando mais de mim. Toda vez que eu vejo esse moleque eu ganho o meu dia, fico mais que orgulhoso e feliz desse caminho que você está trilhando — disse Tom.

— O prazer foi todo meu, Everton — disse Laura.

— Tom, não te falei, ia esquecendo, terminei de escrever o meu primeiro livro de poesias. Eu e o Mauro estamos correndo para o lançamento ser no dia do evento *A Arte Salva*.

— Olha que notícia maravilhosa, estou falando que você só me dá orgulho, quero o meu autografado, viu? Com dedicatória também — disse Tom.

— Pode deixar, irmão — eu disse sorrindo.

— Realmente a arte salva, olha a transformação que ela está fazendo na vida de vocês, eu sinceramente já pensei em largar essa vida, as leituras que faço me possibilita ter esses pensamentos, sonhar em fazer advocacia, mas rápido vem aquela coisa que não dá mais tempo, esse meu caminho é sem volta — disse Tom.

— Lógico que tem irmão, nunca é tarde pra recomeçar a vida — eu disse.

— A vida que eu levo não é simples, irmão, meu destino está traçado, se eu sair dessa vida, no dia seguinte eles me matam. Eu sei de muita coisa, Mateuzinho, você tá ligado, vou nessa.

Pegou na mão da Laura, me abraçou, ligou o carro e saiu ouvindo *Negro Drama* dos Racionais.

— Confesso que senti uma angústia muito grande na fala dele, Mateus, quando disse que queria sair dessa vida.

— Caramba, Laura, eu também senti, nunca vi o Tom falar isso, ainda mais de um jeito tão verdadeiro como foi. Eu te pergunto, quantos meninos tem por aí nessa vida do crime com o sonho de largar tudo e ser inserido nessa sociedade podre?

— Tem muitos viu, dói bastante quando ouvimos alguém falando que o sonho foi interrompido lá atrás, de uma forma brutal. É muito triste, de verdade — disse Laura.

— Nenhum sonho é impossível, Laura, mas, com a vida que a gente tem desde criança, fica um pouco difícil de comprar essa ideia de correr atrás da realização. Quantas vezes eu acordei sem perspectiva, pra encarar a vida, vendo os manos do movimento ter um monte de coisas ao redor deles sabe, grana, carro, roupas e outras coisas, e eu ali vendo tudo, passando um veneno do caramba. Minha mãe limpando casa de madame a semana toda, eu, meu pai e meu irmão trabalhando na mesma firma, que era uma sujeira enorme e tendo que aguentar o patrão que se achava dono do mundo, pagando um salário que mal dava pra gente pagar as contas de casa, não é fácil ter a cabeça sã o tempo todo.

— Eu sei, Mateus, é muito difícil conviver com essa tentação diária, por essas e outras que te admiro muito de verdade, admiro os meninos também — disse Laura.

— Muitas vezes batia uma tentação grande de colar com os caras, eu ia sentar lá no morro, me sentia seguro de alguma forma ali, ficava pensando nas nossas conversas, nos nossos sonhos que tínhamos quando erámos crianças, e aqueles pensamentos me acalmavam, me traziam paz, acho que de alguma forma o morro e os nossos pensamentos me trouxeram até aqui. Na real, me manteve vivo — eu disse.

— Sempre quando sentia saudades, quando estava fora, recordava dos nossos sonhos, das nossas conversas e sempre deu certo, recarregava as minhas energias, hoje posso dizer que estamos vivos, lutando por nossos objetivos, cheios de sede de justiça queimando nas veias. Vamos realizar muitas coisas juntos viu, vagabundo.

— Que assim seja, princesa!

— Bom até amanhã então, princeso, vou descansar um pouco, você já falou demais por hoje — disse Laura.

— Eu que falei demais, tem certeza?

— Sim, você! — disse Laura sorrindo — Vou descansar um pouco, a viagem foi cansativa.

— Tudo bem, foi um dia e tanto, cheio de surpresas, amanhã vamos assistir Pantera Negra.

— Estou ansiosa pra ver esse filme — disse Laura.

— Eu também, até amanhã.

CAPÍTULO 18

No dia seguinte fomos a uma exposição, que retratava sobre o orgulho negro, várias personalidades que nos inspiraram estavam sendo homenageadas ali, João Candido, que lutou bravamente para acabar com um regime imundo, imposto por oficiais brancos da Marinha Brasileira, cujo prazer era chicotear, do maior advogado do nosso país; Luís Gama, mesmo sem ser reconhecido profissionalmente, libertou mais de 500 escravos.

— Meninos, quero que vocês conheçam a luta da linda escrava Anastácia, que se recusou a deitar com o seu senhor e passou o resto da vida com uma máscara no rosto, imposta por seu dono; Dandara, que lutou bravamente ao lado de Zumbi dos Palmares, para libertar o seu povo; tem também a dona Ruth de Souza, que abriu caminhos para os artistas negros na televisão brasileira, começando no Teatro Experimental do Negro, liderado pelo grandioso Abdias Nascimento — disse Laura.

— Metida ela né, Carlos? — perguntou Tiago.

— Um pouquinho só, ela está compartilhando todo o seu conhecimento com a gente — disse Carlos.

— Como vocês são bobos, meninos — disse Laura.

Eu fui pra sala ao lado. Quando avistei aquilo, não poderia deixar de chamar o Carlos, estava exposto um pouco da obra de John Coltrane.

— Carlos, chega aqui pra você ver uma coisa — eu disse.

— O que foi, Mateus?... Minha nossa! Olha que lindo, John Coltrane, considerado o maior sax tenor do jazz, que com a sua suavidade, despertou interesse no maior trompetista que já se viu, Miles Davis, o convidando pra fazer parte do Miles Davis Quintet. Que time Mateus.

— Nem me fala, esses caras faziam celebrações, não show, é bom você ter a ciência que nada foi fácil pra eles, desde a infância, isso serve de combustível das vezes que pensar em desistir.

— Tiago, lembra que eu te falei sobre essa fera, chamada James Baldwin? — eu perguntei.

— Sim, é claro que lembro, comecei a ler o livro dele, *Quarto de Giovanni* — disse Tiago.

— Aqui conta um pouco da história dele — eu disse.

> Nascido em 2 de agosto de 1924, o escritor e ativista James Arthur Baldwin, iniciou a vida pública aos quatorze anos de idade, como pregador mirim sensação na igreja de seu padrasto, em Nova Iorque.
>
> A dedicação aos cultos não durou muitos anos, mas ajudou a forjar a oratória cortante do intelectual que, além de romances, peças e poesia, se tornou notável pelos discursos e entrevistas contundentes sobre a vida das pessoas negras na América.[12]

— Muito bom, Mateus. Depois que você me apresentou a obra desse homem, virei fã, me identifico com ele — disse Tiago.

— Princeso, aqui fala um pouco sobre um dos seus escritores favoritos — disse Laura.

— Quem? Do Lima Barreto?

— Sim, dele mesmo! Vou ler pra você princeso,

> Lima Barreto: literatura que se confunde com a vida pessoal.
>
> Lima Barreto, autor de Triste fim de Policarpo Quaresma, hoje um clássico da literatura brasileira, nasceu no 13 de maio de 1881, e tomou a data como "predestinação" em sua vida, visto toda sua obra representar "uma forma de revisão crítica do período em que existiam escravizados no Brasil e de contexto do pós-emancipação.[13]

— Eu gosto da obra dele, ele fala muitas coisas que viveu, isso me contagia de uma maneira que não consigo explicar, sabe? Um preto

---

[12] DUARTE, Bruno. James Baldwin: o leão de 95 anos. **Portal Geledés**, 2019. Disponível em: https://www.geledes.org.br/james-baldwin-o-leao-de-95-anos/. Acesso em: 3 ago. 2022.

[13] LIMA Barreto: literatura que se confunde com a vida pessoal denuncia racismo. **Portal Geledés**, 2019. Disponível em: https://www.geledes.org.br/lima-barreto-literatura-que-se-confunde-com-vida-pessoal-denuncia-racismo/. Acesso em: 3 ago. 2022.

escritor contando várias experiências de vida. Viva Lima Barreto! Espero que as escolas venham visitar essa exposição, é fundamental para as nossas crianças crescerem se amando através dessa representatividade toda, falo por mim e creio que vocês também não cresceram se amando. Lembro quando era mais novo, meu sonho era ter cabelo liso, mas hoje vejo que não era culpa minha, só queria ser inserido em uma sociedade que cresci assistindo, na televisão, homens de cabelos lisos.

— Falando em cabelo, Mateus, você lembra a vez que o meu pai falou que ia cortar meu cabelo, por causa dos piolhos, eu saí correndo desesperada, fui pra sua casa, a tia Maria passou remédio pra acabar com eles, ela disse para o meu pai que ia cuidar da minha cabeça — disse Laura — nunca corri tanto na minha vida.

— Lembro sim, Laura. Aquele dia você correu demais — eu disse sorrindo.

— A gente já passou uns venenos, eu lembro que o Mateus só levava a gente e o Tom na casa dele, por quê? — perguntou Tiago.

— Eu te falo agora Tiago, "o inocente". Eu tinha uma vergonha do caramba de mostrar onde eu morava mano, principalmente pra aqueles fresquinhos da nossa sala. Dia de chuva então, nem pensar, tinha muita goteira, chovia mais dentro do que fora, mano. Conforme as coisas foram melhorando um pouco, eu, a dona Maria, o meu pai e meu irmão fomos arrumando, a veinha limpou muita casa de madame e meu coroa em dois empregos também.

— E a gente não sabe Mateus — disse Carlos — Por essas e outras que quando eu estiver fazendo os meus shows, quero vocês na primeira fila, como o verdadeiro "quarteto imperfeito".

— Adorei esse nome, Carlos — disse Laura sorrindo.

— Não sabe o quanto é maravilhoso ouvir você falando assim, meu mano, já até vejo você tocando o seu sax com a alma como sempre fez, ganhando o mundo, já toca demais, imagina estudando e se profissionalizando — disse Mateus.

— Vou dar muito orgulho pra vocês ainda! — disse Carlos.

— Disso a gente não tem dúvidas — disse Tiago.

— A história desse homem, grande parte da sociedade não conhece — eu disse.

> "Francisco Nascimento — O Dragão do Mar, o Chico da Matilde, herói do Ceará, conduziu o movimento que fez a paralisação do porto de Fortaleza em 1884 que impediu aos dominadores, de exportarem escravos do Ceará para o sul do Brasil. E, com o movimento vitorioso, paralisando todo porto, tiveram de lhes conceder a liberdade, e no Ceará é proclamado o fim da escravidão, quatro anos antes do fim da escravidão no Brasil, que foi em 1888 e, que um ano depois chegou ao fim do Império.
>
> A ação do herói Dragão do Mar do Ceará, desencadeou um movimento que mudou o Brasil, com o fim da escravidão e o nascimento da República.[14]

E ainda temos que ouvir que quem proclamou o fim da escravidão no Brasil foi a princesa Isabel. Como sempre ignorando a luta do nosso povo."

— Esse cara ficou bom mesmo, hein, gente? — disse Laura sorrindo — meninos, vamos caminhando, a sessão vai começar daqui a pouco, estou tão ansiosa pra ver esse filme.

— Acho que todos nós estamos, Laura — disse Mateus.

Quando entramos na sala, confesso que me emocionei, nunca vi tanto preto em uma sala de cinema, aquele dia estava sendo mágico pra gente, com tanta representatividade.

Assistimos um filme que nos faz refletir bastante, ficamos com aquele pensamento, se os europeus caucasianos não tivessem invadido a nossa África e feito tanta maldade, escravizando os nossos ancestrais, teríamos várias Wakandas por lá.

— Perfeito, Mateus, você resumiu bem o que esse filme retrata, "o início é digno de um conto de fadas: um pai conta para o filho toda história da sua terra que se chama Wakanda, onde cinco tribos viviam em divergências é quando se submetem a um guerreiro que possuía os poderes da Pantera Negra, considerada uma espécie de divindade pra eles"[15], um filme com paisagens incríveis, mostrando realmente uma África linda,

---

[14] MOURA, Carlos Eugênio Marcondes de. Francisco Nascimento: O Dragão do Mar. **Portal Geledés**, 2009. Disponível em: https://www.geledes.org.br/francisco-nascimento-o-dragao-do-mar/. Acesso em: 3 ago. 2022.

[15] HAYDIN, Isabella. Resenha: Pantera Negra. **Fala! Universidades**, 2018. Disponível em: https://falauniversidades.com.br/resenha-pantera-negra/. Acesso em: 3 ago. 2022.

cheia de vida, com reis e rainhas, como na verdade era a vida dos nossos ancestrais até a chegada dos europeus em solo africano — disse Tiago.

— Eu amei o filme gente, de verdade. Shuri é incrível, muito inteligente, ambiciosa e até mesmo um pouco rebelde, disposta a fazer de tudo para alcançar os seus objetivos e proteger o seu povo, e tem um amor imenso por seu irmão T'Challa — disse Laura.

— Até parece com uma pessoa que a gente conhece, né? — perguntou Tiago.

— Muito a cara da Laura — disse Carlos, e todos sorriram.
Vamos comer alguma coisa, estou morrendo de fome.

— Sempre o Carlos está com fome, seria estranho se ele falasse que não está com fome — disse Tiago.

— Vamos sim, eu também estou com fome — disse Mateus.

— Mateus, o seu telefone está tocando, deve ser a Luana com saudades do amor dela — disse Laura sorrindo.

— Nossa, não tinha visto, é o Mauro. Alô!

— Fala, garoto. Tudo bem?

— Sim, mestre. E o senhor?

— Estou bem! Tenho duas notícias pra te dar, uma tá um pouco atrasada, porque eu queria fazer uma surpresa, a outra é fresquinha.

— Fala as duas então, mestre, Laura, Carlos e o Tiago estão me olhando com os olhos arregalados, querendo saber.

— Bom a primeira é que a Jessica aceitou fazer as ilustrações, está finalizando, a surpresa é que eu queria te falar só quando os desenhos estivessem prontos, mas não aguentei.

— Que notícia boa, mestre! Gente, a Jessica aceitou fazer as ilustrações, e estão quase prontas — todos abriram um sorriso mais largo que o meu.

— Imagino, garoto, essa foi a minha reação também. A outra você não quer saber?

— Lógico que quero, estou esperando o senhor me contar.

— Essa você vai gostar mais ainda!

— Ô louco, então fala.

— Eu mandei os originais do seu livro pra Editora Literatura que Ilumina, eles gostaram do seu trabalho e vão publicar o seu livro.

— Mentira, mestre.

— E eu lá sou homem de contar mentiras, garoto?

— Que sensacional, mestre, estou tão feliz que não sei o que dizer.

— Marquei uma reunião com a editora-chefe, Bianca, ela vai nos receber pra termos uma reunião e acertar tudo.

— Não sei nem como agradecer o senhor, mestre.

— Agradeça lutando pelo povo, garoto. Como tenho certeza que vai fazer isso, está pago. Vai lá com os seus amigos, desculpa atrapalhar vocês.

— Que atrapalhar o que, mestre, o senhor me deu umas das melhores notícias da minha vida.

— Até logo, garoto, abraço.

— Até logo, mestre, abraço, obrigado por tudo que está fazendo por mim.

— Que isso garoto, axé.

— Axé, mestre. Estou muito feliz, gente, de verdade, as coisas estão se encaminhando, tudo que a gente sonhou está acontecendo, a Laura é a filosofa doutora que tanto sonhou, o Tiago está indo estudar artes na França, o Carlos está indo aperfeiçoar o que ele já domina super bem em Boston, quando voltar ninguém vai segurar esse rapaz no sax. Eu estou prestes a lançar o meu primeiro livro e estudando cada vez mais, agora eu entendo perfeitamente quando Malcolm X dizia que a "universidade dele era os livros, uma boa biblioteca. Se ele não tivesse que sair prás ruas todos os dias, para trabalhar, poderia passar o resto da vida dele lendo, só para satisfazer a sua curiosidade".

— Concordo plenamente com as palavras dele — disse Laura.

— Isso só mostra que **"Nenhum Sonho é Impossível"**, a gente correu atrás dos nossos, passamos por maus bocados e infelizmente vamos passar por mais, mas estamos vendo as coisas se realizando, não viramos estatísticas como boa parte da sociedade deseja, que só enxerga preto como bandido ou submisso a uma classe mesquinha. Estamos aqui pra provar que sim, a gente pode — eu disse.

— Poder para o povo preto! — disse Carlos, levantando os punhos cerrados.

— Isso aí, Carlos. Poder pra gente — disse Laura.

Foi quando nóis quatro nos abraçamos emocionados, porque nossas vidas estavam tomando rumos que jamais imaginamos.

CAPÍTULO 19

— Laura, a Luana vai jantar em casa hoje pra conhecer a minha família, queria que você fosse também. O que acha? — eu perguntei.

— Vou pensar, princeso — disse sorrindo — estou brincando, vou sim, quero conhecer a garota que está fazendo esse coração bater acelerado quando fala no nome dela.

— Mas é besta mesmo, viu? Bate absolutamente normal — eu disse — falar nisso preciso ligar pra ela, passar a notícia da editora.

— Alô, querida.

— Oi, meu lindo. Tudo bem?

— Tudo, linda. E você?

— Estou bem também!

— Que bom. Tenho uma notícia pra lhe dar, mas vou dar em casa mais tarde, tá bom?

— Não faz isso comigo, sabe o quanto eu sou curiosa e ansiosa. Fala agora!

— Eu sei, estava brincando com você, sei que é curiosa demais. O Mauro me ligou, falou que mandou os originais do meu livro pra uma editora e eles vão publicar. Estou tão feliz, amor.

— Que notícia boa! Você sabe que sou chorona, já estou chorando!

— Lógico que sei. Você e esses choros seu.

— Sabe que sou assim. Me conta mais detalhes.

— Sabia que ia falar isso. Então ele marcou uma reunião nos próximos dias com o pessoal da editora.

— Que maravilha, estou tão feliz por você, cheia de orgulho, falei que vai chegar longe.

— Não cheguei a lugar algum, minha linda.

— Sim, mas vai chegar, sei da sua luta. Esse Mauro também é porreta, hein?

— Esse é um anjo na minha vida, não sei o que seria de mim sem esse cara. A Laura vai pra casa mais tarde também!

— Que legal, assim a gente se conhece.

— Tá bom então minha linda. Até mais tarde?

— Tudo bem, meu poeta. Beijo, até mais tarde!

— Beijos, linda!... Falei pra Luana que você vai pra casa mais tarde.

— Tudo bem, princeso, vou indo então, até logo.

— Até, princesa!

...

Laura chegou primeiro que a Luana em casa, e como de costume ficamos conversando.

— Mateus, coloca o som do Maurinho pra gente ouvir.

— Você acredita que eu estava pensando justamente isso, colocar um Sabota pra gente ouvir — eu disse.

— Então coloca, homem.

Quando tocou *Cantando pro Santo*, a gente lembrou de tantas coisas boas.

— É muito atual as músicas desse cara. Antes de ir para as aulas na Soborne, ouvia todos os dias, sempre foi a minha inspiração, me sentia forte pra encarar as aulas — disse Laura.

— Eu ficava aqui viajando também nas músicas dele, é muita ideia avançada nas letras dele. Ele e os Racionais salvaram muitas vidas — eu disse.

— E como salvaram... O que acha que ele estaria fazendo se estivesse entre a gente nesse plano? — eu perguntei.

— Não sei te dizer, Laura, no documentário *Sabotagem o Maestro do Canão*, Marcelo D2 fala que se ele fosse vivo, estaria viajando o mundo todo.

— Também acho, e dirigindo vários filmes — disse Laura.

— Pode crê.

— Mateus, a Luana chegou — disse minha mãe!

— Vou abrir o portão pra ela — eu disse.

— Olá, boa noite. Até que enfim vou conhecer a famosa Laura, prazer!

— Oi. O prazer é todo meu, olha quem fala, a famosa Luana! — disse Laura.

— Então quer dizer que o Mateus fala de mim? — perguntou Luana.

— E como fala, desde que cheguei, só fala na Luana — disse Laura sorrindo.

— Que bom então — disse Luana sorrindo também — estava ansiosa pra te conhecer Laura.

— A gente vai conversar bastante, conhecer melhor a pessoa que está fazendo esse moço feliz e com esse sorriso de orelha a orelha — disse Laura.

— Mãe, a Luana chegou e estou morrendo de fome, já tá liberado?

— Pra que você tá gritando, menino? Deixa eu conhecer a moça primeiro — disse dona Maria.

— Oi, dona Maria. É um prazer conhecer a senhora!

— Prazer, minha filha, seja bem-vinda, sinta-se em casa.

— A senhora não sabe o quanto é bom ouvir isso, estava com medo de não causar uma boa impressão na senhora.

— Que isso, minha filha, vejo o quanto esse menino anda sorrindo nos cantos da casa. O que eu mais quero nessa vida é a felicidade dos meus filhos, vejo que você está fazendo isso.

— Tá louco, hein, mãe? vamos comer que é melhor — eu disse sorrindo.

— Oxi, menino, e por acaso eu estou falando alguma mentira? — perguntou minha mãe.

— Essa eu respondo, está não, tia, tá falando só as verdades, ele anda sorrindo à toa mesmo — disse Laura.

— Fica quieta, Laura, que você ganha mais — eu disse sorrindo.

— Calma, meu amor, não fica bravo — disse Luana sorrindo.

— Vamos comer, estou com fome.

— Vamos, meu filho, vou trazer as coisas pra colocar na mesa.

— Eu ajudo a senhora, dona Maria — disse Luana.

— Isso, minha filha, vem me ajudar.

— Agora ela vai ficar contando os meus podres — eu disse.

— Relaxa, princeso — disse Laura sorrindo.

— Laura, o Mateus me falou que você vai palestrar no evento *A Arte Salva*?

— Vou sim, Luana, esse evento vai ser muito bom, ainda mais pra gente que mora aqui. Nunca tivemos um evento dessa magnitude na favela — disse Laura.

— Vai ser sensacional — eu disse.

— Vai ser lindo mesmo, já vi que vou me emocionar bastante com tanta arte à minha volta — disse Luana.

— Vamos falar das questões que tanto perturbam os nossos dias, como racismo, machismo, homofobia, desigualdade social etc. — disse Laura.

— São assuntos que infelizmente incomodam uma boa parte da sociedade privilegiada. Eles dizem que é choro, basta correr atrás das coisas que as oportunidades estão aí pra todos — disse Luana.

— Pura hipocrisia, Luana! — disse Laura.

— Eu sei bem, Laura, dos privilégios dos brancos. Tudo pra gente é mais fácil nesse país racista, mas eu não tolero de jeito nenhum, como o Mateus diz, eu sou muito esquentada pra qualquer tipo de discriminação.

— Precisamos de mais gente com essas atitudes, que saibam reconhecer seus lugares privilegiados na sociedade. Esse mal só vai acabar quando os brancos pularem na frente dos racistas — disse Laura.

— Essa sociedade precisa tomar um choque de realidade, pra ver se acordam — disse Luana.

— Eu acho difícil Luana, é uma batalha que não vejo um fim exato — disse Laura.

— Infelizmente, eu também não vejo! — disse Luana.

— Precisamos desconstruir milhares de coisas que está enraizada nessa sociedade, é necessário conversas e debates, só assim vamos seguir em uma direção que haja respeito e igualdade a todos.

— Concordo plenamente com você, Laura... Dona Maria, muito obrigado pelo jantar maravilhoso que a senhora nos proporcionou, estava tudo muito gostoso — disse Luana.

— Que bom que gostou, minha filha, fico muito feliz em ouvir isso.

— Realmente, tia, como de costume estava maravilhoso. Você precisa vir comer mais vezes aqui Luana, só assim a tia capricha mais e mais — disse Laura sorrindo.

— Tá querendo dizer que eu não capricho, Laurinha, sua sem-vergonha? — disse dona Maria e todos sorriram.

— Jamais, tia — respondeu Laura, retribuindo o riso — a senhora sempre capricha.

— Meninas, amanhã vou na reunião com o Mauro a respeito do livro — disse Mateus.

— Que orgulho que eu tenho de você, princeso!

— Você merece tudo o que está acontecendo na sua vida, você é um homem incrível de um coração enorme — disse Luana.

— Eita, minha nossa senhora, esse meu filho só me dá alegrias, vai lançar um livro. Parabéns, meu filho, falei que um dia a recompensa viria por tantas noites em claro, lendo e escrevendo, olha o resultado vindo por aí, agora é importante saber que você não conquistou nada sozinho, não pode esquecer jamais das suas origens — disse dona Maria.

— Eu sei, dona Maria, jamais vou esquecer de onde eu sou, jamais, pode ficar tranquila, sei que não consegui nada sozinho, sempre vou ter os meus pés no chão, aconteça o que acontecer.

— Que esse pensamento permaneça para o resto da sua vida, Mateus — disse Laura.

— Laura, foi um prazer te conhecer. Não é à toa que o Mateus e os meninos falam tanto de você, você é uma pessoa encantadora, simples e objetiva — disse Luana.

— Prazer foi todo meu, Luana, gostei de conversar com você. Fico feliz que o maninho está em boas mãos, uma pessoa que entende os privilégios que tem na sociedade, uma antirracista. Só com luta que vamos acabar com esse mal chamado racismo — disse Laura.

— Isso aí, essa sociedade precisa acordar! — disse Luana.

— Vamos caminhando, Luana? — eu perguntei.

— Sim, vamos!... Fica com Deus, Laura.

— Vai com ele também, Luana!

— Tchau, dona Maria, muito obrigado por tudo.

— Que isso, minha filha, aparece mais vezes, as portas estão sempre abertas pra você — disse dona Maria.

CAPÍTULO 20

Me encontrei com Mauro no dia seguinte, para irmos até a reunião na editora.

— Tá ansioso, garoto? — perguntou Mauro.

— Estou um pouco, mestre!

— Fica tranquilo, porque daqui pra frente tudo isso vai fazer parte da sua vida.

— Dá até um frio gostoso na barriga quando o senhor fala assim.

— Mas é a verdade, garoto, essa ansiedade faz parte também, esse frio gostoso na barriga, sinto até hoje, quando vou me apresentar. O dia que a gente perder esse sentimento, não vai mais fazer sentido estarmos engajados nessa luta.

— Tá certo, mestre, não vejo a hora desse livro ser publicado.

— Eu também não vejo a hora, garoto!

— Como andam as coisas no jornal, mestre?

— Muito trabalho garoto, muito trabalho!

Uma série de material pra ser analisado, com coisas horrendas que essa quadrilha praticou e continuam praticando. Eles não medem esforços pra alcançar o que eles desejam, destroem, compram e infelizmente matam.

— É sério isso e muito perigoso também — eu disse.

— Eu sei bem, garoto, mas essa é a nossa missão, tentar proporcionar uma vida mais digna para os nossos. Nosso povo sofre demais.

— Sabe o que eu acho impressionante, mestre, é que a gente não desiste nunca, estamos sempre sorrindo, cantando, mesmo nas dificuldades.

— Pois é garoto, isso é uma coisa surreal do nosso povo. Agora se o rico perde parte do seu patrimônio, já quer tirar a vida dos membros da família e depois tirar a própria vida, na verdade não sabem conviver com as adversidades, por essas e outras que essa classe maltrata tanto os pobres, eles têm um medo muito grande da ascensão do povo, afinal eles são dependentes para tudo.

— É uma classe que se dizem fortes, poderosos, quando estão cheios de grana, mas se perdem essa grana, não conseguem batalhar, ficam fracos mentalmente, aí já viu, né?

— Desse jeito, garoto, não sabem lidar com a situação!... E você? Anda lendo bastante, escrevendo? — perguntou Mauro.

— Estou sim, mestre, comecei escrever um romance, vamos ver o que vai dar. Estou lendo também, lendo a obra completa do Lima Barreto. Eu respeito a opinião de todos, mestre, mas pra mim ele foi o melhor escritor que esse país já teve. As obras dele é de ficção, mas ele sempre coloca a realidade, principalmente coisas que faziam parte do cotidiano dele, isso pra mim é demais.

— Você sabia que no livro *Triste fim de Policarpo Quaresma*, o personagem principal ele se inspira no próprio pai? — perguntou Mauro.

— Não sabia, mestre, essa sacada dele é que eu fico encantado. O sítio que ele menciona no livro foi aonde ele morou? — eu perguntei.

— Sim, garoto!

— O melhor nele, pra mim, é que nunca teve vergonha de falar que era negro. Lendo suas obras, vejo que muitos anos se passaram, mas é muito atual tudo que ele escrevia, muita coisa ainda não mudou.

— Sim, garoto, muito que ele retrata nos livros é atual!

— Uma das coisas que eu nunca gostei, mesmo quando não tinha o discernimento que tenho hoje, é a diferença de tratamento das pessoas com quem tem cargos altos nas empresas e na vida, sabe? Essa coisa de tratamento diferenciando porque o cargo dele é x, então temos que puxar o saco?

No livro *Recordações do Escrivão Isaías Caminha*, Lima Barreto explica bem "não há repartição, casa de negócios em que a hierarquia seja mais ferozmente tirânica, redator despreza o repórter; o repórter, o revisor; este, por sua vez, o tipógrafo, o impressor, os caixeiros do balcão. A separação é a mais nítida possível e o sentimento de superioridade, de uns para outros, e palpável, perfeitamente palpável. O diretor é um deus inacessível, caprichoso, espécie de Tupã ou de Júpiter Tonante, cujo menor gesto faz todo o jornal tremer"[16].

---

[16] BARRETO, Lima. **Lima Barreto**: Volume 1. Rio de Janeiro: Editora Nova Fronteira, 2018. 154 p.

— Caramba, garoto, vejo que está lendo as obras do Lima Barreto mesmo. Essa coisa de tratamento diferenciado faz parte da nossa sociedade aculturada mesmo — disse Mauro.

— Sim, mestre, isso me dá nos nervos, todo mundo é igual, não precisa ter distinção.

— Mas na prática não é assim que funciona, garoto, infelizmente nada mudou.

Chegamos na editora, fomos recebidos pela Bianca, que logo de início foi me dando os parabéns pela obra escrita.

— Prazer, Mateus, já te conheço há um tempo. O meu amigo Mauro está sempre falando de você. Sou a Bianca!

— O prazer é todo meu!

— O seu livro faz a gente refletir muitas coisas, do racismo velado, que grande parte da sociedade insiste em afirmar que não existe, fala do machismo presente no nosso cotidiano, das desigualdades sociais e tantos outros temas tocantes.

— Fico muito feliz que a Literatura que Ilumina gostou do livro — eu disse.

— E como não gostar, Mateus? Você tem tudo pra se tornar um dos melhores escritores que esse país já teve — disse Bianca.

— Eu falo isso pra ele, Bianca, basta ele continuar no caminho e os pés no chão. A respeito disso eu fico tranquilo, esse garoto tem uma cabeça boa, a essência ele não perde — disse Mauro.

— Isso não posso perder, mestre, e nem esquecer de onde eu sou.

— Vamos falar de negócios — disse Bianca sorrindo — o intuito da Literatura que Ilumina é dá oportunidade a jovens escritores, sabemos que a cultura no nosso país não é valorizada, temos a consciência que muitos jovens talentos ficam no meio do caminho por falta de oportunidades, desistem de mostrar os seus trabalhos por não terem condições, é aí que os atalhos começam aparecer, para se conseguir dinheiro mais fácil.

— Sei bem o que é isso, na vila onde eu moro tem muitos, se eu não tivesse conhecido esse cara, acho que estaria fazendo parte dessa estatística — eu disse.

— O nosso objetivo é exatamente esse, mostrar que através da arte pode sim ganhar o mundo... O Mauro me falou do evento que vai acontecer na comunidade onde você mora, disse também que você tem a intenção do lançamento ser nesse evento?

— Sim, gostaria muito, lançar esse livro perto dos meus, não vejo lugar melhor. Tem algum problema pra vocês se for lá?

— Não vejo problema algum, pelo contrário, acho ótimo, uma oportunidade única de expor o seu trabalho em um evento chamado A Arte Salva, perto dos seus, como acabou de mencionar e algumas personalidades presente, um cenário perfeito... Depois do evento a gente pode começar a rodar o Brasil, com lançamento nas livrarias — disse Bianca.

— Rodar o Brasil? — eu perguntei, estupefato.

— Sim, garoto, quando eu disse pra você que ia voar alto, não estava brincando — disse Mauro.

— Mateus, muitas coisas boas estão por vir — disse Bianca.

— Que assim seja, fico feliz em ouvir isso, é que as vezes eu não faço ideia do meu potencial e o que pode acontecer comigo, através da literatura.

— Logo você vai ver o que vai acontecer, muitas coisas boas. Sabe quando você lê um livro e começa a pensar de outro modo? Através daquela leitura, vai acontecer com outras pessoas, só que com você sendo o autor — disse Bianca.

— Na verdade, não consigo nem imaginar isso — eu disse sorrindo.

— É, garoto, eu sempre falei que o esforço traria coisas que você jamais imaginou. Olha a prova aí — disse Mauro.

— Sábio, mestre, sempre mostrando o caminho pra mim, o maior responsável de tudo que está acontecendo, acreditou em mim quando nem eu acreditava, me orienta sempre. Só tenho que agradecer por tudo que faz por mim.

— Que isso, garoto, não faço nada demais, só apresentei o mundo dos livros pra você, você só adquiriu esse gosto tão maravilhoso e enriquecedor que é o da leitura, portanto o maior responsável por tudo que está acontecendo contigo é o seu esforço.

— Eu acho lindo esse diálogo de vocês, percebo um amor incondicional dos dois, isso me faz ter a esperança em dias melhores para todos nós — disse Bianca.

— Sim, Bianca, é uma batalha mais que árdua, mas temos que acreditar sempre em dias melhores. Mesmo sendo muito difícil, mesmo com muitos acontecimentos ruins por parte da humanidade, eu sigo lutando e pregando justiça, amor e igualdade, só quero uma sociedade mais justa — disse Mauro.

— De início então para o evento, vamos fazer uma tiragem mil livros. O que vocês acham? — perguntou Bianca.

— É um número bom — eu disse.

— É sim, ainda mais o lançamento sendo no evento na vila que você mora!

— Só espero que o pessoal que adquirir goste do conteúdo, de alguma maneira, que possa impactar na vida das pessoas — eu disse.

— Calma, garoto. Agora só precisa segurar um pouco essa ansiedade, tudo vem ao natural. Agora que eu e a Bianca lemos o livro, podemos garantir que é um sucesso, só agradeça ao sagrado por ter lhe dado saúde e forças por ter concluído essa maravilha — disse Mauro.

— Mateus, qual o nome que pretende dar ao livro? — perguntou Bianca.

— Eu pensei em "Acreditar". Tantas pessoas que são de onde eu sou não acreditam de jeito nenhum nos seus sonhos, mas também consigo entender, não temos muitas perspectivas de melhora nas nossas vidas. Vivemos em uma sociedade que não acredita na gente de maneira alguma, então essa palavra tem um significado muito forte pra mim.

— Adorei o nome, Mateus — disse Bianca.

— Esse garoto só me dá orgulho, também gostei do nome — disse Mauro.

— Que bom que vocês gostaram.

— Vou passar o contrato pra você ler, Mateus. Se tiver de acordo com os termos, só assinar pra fecharmos essa parceria que tem tudo pra perdurar por muitos anos — disse Bianca.

Eu li e o Mauro também leu, estávamos de acordo com os termos, estou de contrato assinado com a editora para a publicação dos meus livros. Há quatro anos jamais passou pela minha cabeça que eu seria contratado por uma editora.

— Então é isso, Bianca, logo o evento está aí e vamos fazer muito sucesso. Boa sorte pra nós — eu disse.

— Sim, Mateus, nós da editora vamos começar a trabalhar no seu livro contagiante, que nos traz ótimas reflexões.

— Muito obrigado, Bianca.

— Não precisa agradecer, só estou dizendo a verdade!

— É isso aí, garoto, o mais novo contratado da editora Literatura que Ilumina. Vamos indo então? — perguntou Mauro.

— Vamos sim, mestre. Tchau, Bianca — estava com um sorriso mais que largo no rosto.

— Nós da editora que agradecemos você, por fazer parte da nossa equipe, seja bem-vindo!

— Tchau, Bianca! — disse Mauro.

— É, mestre, sem o senhor nada disso teria acontecido. Muito obrigado.

— Que isso, garoto, eu disse desde o primeiro dia quando nos conhecemos que ia fazer de tudo pra te ajudar, só dependia do seu esforço o êxito, só abri alguns caminhos pra você trilhar, tudo continua dependendo de você.

— Eu falei que te amo hoje? — eu perguntei.

— Hoje não — disse Mauro sorrindo.

— Pois bem, eu te amo, mestre!

— Eu também te amo, garoto!

— Vou mandar uma mensagem pra Luana, falando do mais novo contratado.

— Isso, manda sim, ela vai ficar muito feliz.

...

— Boa tarde. Tudo bem, querida?

Mal tinha mandado a mensagem e já veio a resposta:

— Oi, meu lindo, boa tarde. Estou bem e você?

— Nossa que rápida. Estou bem também!

— Estava ansiosa, esperando notícias sua. Como foi a reunião?

— A reunião foi ótima, aqui vos fala o mais novo contratado da editora Literatura que Ilumina!

— É sério isso?

— É sim, querida. A editora vai lançar o meu primeiro livro e os próximos!

— Nossa, até me emocionei, que notícia maravilhosa.

— Novidade você se emocionar, né, Luana? — eu disse sorrindo.

— Você sabe como eu sou. Você vai longe, garoto!

— Olha só, é o Mauro quem está falando comigo, me chamando de garoto? — eu disse.

— De tanto ouvir ele te chamando assim, as vezes sai — disse Luana sorrindo.

— Depois a gente conversa melhor, tá bom? Mandei mensagem pra falar da notícia, tenho algumas coisas pra resolver com Mauro ainda, depois preciso dar a notícia para os meus amigos.

— Tudo bem, manda um beijo e abraço para o Mauro.

— Mando sim. Beijos!

— Beijos!

— E aí, garoto, ela ficou feliz? — perguntou Mauro.

— Ficou sim. A Luana é chorona!

— Aí já viu, né? — disse Mauro sorrindo — garoto, vou passar na faculdade pra pegar um caderno meu que deixei no meu armário.

— Tudo bem, mestre.

— Tem alguns documentos, arquivos. Queria te pedir um favor.

— Opa, pode falar, mestre.

— Se alguma coisa acontecer comigo, quero que você os pegue e faça o que bem entender, só não pode deixar em casa. Eu não estando lá, colocaria a vida da minha família em risco!

— Mas o senhor vai estar lá, mestre, deixa de bobagem! — eu disse.

— Estou falando sério, garoto, a vida que a gente vive, infelizmente a qualquer momento pode acontecer algo, é necessário estarmos preparados. Fico com a consciência tranquila, porque eu sei que você vai dá continuidade nessa luta!

— E como vou, mestre. Eu só não sabia, mas essa sede de justiça, essa gana de proporcionar um mundo mais igual, estava adormecida dentro de mim. Agora que despertou, só paro quando passar para o outro plano — eu disse.

— Isso aí, garoto, por qualquer meio necessário!... Esses documentos vão ficar juntos aos outros em casa, eles ficam dentro de um cofre no meu quarto. A Bete já sabe que a única pessoa que pode obtê-los é você. Ela fala que você é o meu filho de outras vidas, que me vê muito em você quando eu era mais jovem, cheio de disposição por um mundo melhor, mais justo pra todos. Só que essa disposição eu nunca perdi, já se passaram anos e continua mais viva do que nunca essa chama, queimando nas minhas veias — disse Mauro.

— Isso é bom demais, mestre, poder sentir essa chama ardendo, tentando trazer dias melhores para as pessoas humildes, que são responsáveis por 95% da economia gerada nesse país que esses políticos e economistas sempre falam — eu disse.

— Sem as pessoas humildes, os grandes empresários não sobreviveriam. Eles não conseguem fazer nada, nem o básico, sem os seus "empregados" como eles dizem — disse Mauro.

— Sabe uma coisa muito louca, mestre, que acontece, e muitas pessoas não pararam pra pensar? O pobre consegue sobreviver com muito pouco, trabalhando às vezes até sete dias na semana, enfrentando transporte público caótico e vários outros percalços no caminho. Chega fim do mês, com o salário mal pago por esses empregadores, que na verdade são todos exploradores, fica difícil de pagar as próprias contas.

— É, garoto, essa é a sociedade hipócrita em que a gente vive, uma sociedade, que a grande maioria dos ricos só pensam em maltratar uma classe, que na visão deles só serve para satisfazer os seus desejos e caprichos — disse Mauro.

— Então agora você já sabe onde está todos os documentos que eu tenho a respeito daquela quadrilha, né?

— Sim, mestre, só que eles vão permanecer com o senhor, porque não vai acontecer nada. Eu quero ver essa quadrilha toda esfacelada, e melhor ainda, por um professor, que eles tanto criticam. Na visão deles, professor tem que ser cordeiro, fazer aquilo que eles querem. Se o professor tiver o pensamento livre, aí é comunista, vagabundo e tantos outros adjetivos que eles proferem — eu disse.

— Desse jeito mesmo que eles intitulam os professores de vagabundos. Enquanto essa classe não for valorizada pelos órgãos competentes, vai haver sempre uma lentidão enorme no ensino escolar — disse Mauro.

— Infelizmente, mestre, eu mesmo quando era criança não tinha vontade alguma de ir para a escola, mas minha mãe linha dura não dava moleza.

— Quando a gente é criança, a escola se torna algo que somos obrigados a fazer e não uma coisa prazerosa. A maneira que o estado prepara as aulas, a grade pedagógica é conduzida, deixa as aulas enfadonha, tem alguns professores que quebram essas regras militaristas — disse Mauro.

— O que, por exemplo, mestre?

— Na minha opinião as aulas deviam ser mais didáticas, falar da história do nosso povo, mostrar que tivemos sim quem nos representou e nos representa. Não digo que é culpa dos professores, por uma parte deles seria dessa maneira, é o Estado que não permite mesmo... Você precisa fazer os alunos pensarem, não só copiar lição do quadro, entendeu?

— Sim, mestre. Entendi!

— Também reconheço que alguns professores já fazem isso, é muito importante para formação dos jovens como cidadãos.

— E como é, mestre. Não há nada melhor nesse mundo do que ser livre... Vai ter um show mais tarde de reggae, vou com o Carlos e o Tiago, já vai ser uma forma de comemorar o contrato assinado hoje.

— Isso aí garoto, se diverte bastante, porque daqui uns dias não vai ter tanto tempo para diversões assim, sua agenda vai estar um pouco cheia com vários compromissos — disse Mauro sorrindo.

— Que assim seja, mestre, será um sonho correr Brasil afora, apresentando a minha arte.

— Pois vai acontecer garoto, é só questão de tempo.

— Vou indo então, mestre. A gente se fala.

— Tá certo, garoto!

Fui correndo dar a notícia para Laura, Tiago e o Carlos.

— Até que enfim chegou, hein, menino? Não dá notícias — disse Laura.

— Ele é assim mesmo — disse Tiago.

— Calma gente, deixa ele falar — disse Carlos.

— Muito obrigado, Carlos. Posso falar? — eu disse.

Todos sorriram e responderam que sim.

— Vamos lá então, eu sou o mais novo contratado da editora Literatura que Ilumina para publicar os meus livros. O lançamento do primeiro vai ser no evento que vai acontecer aqui.

— Nossa que sensacional isso, cara. Você é o melhor mesmo — disse Carlos.

— Nada disso, nós somos os melhores — eu disse.

— Parabéns, princeso, sinto tanto orgulho de você — disse Laura.

— Eu também sinto muito orgulho de você, princesa.

— Não é que o menino que não gostava de ler virou escritor contratado e tudo? Que honra a minha ser seu amigo! — disse Tiago.

— Você é responsável por isso também, Tiago, se não fosse você chegar naquela noite, falando da entrevista no seu emprego, eu nem estaria aqui, essa é a verdade. A honra é toda minha e gratidão eterna por você, você salvou a minha vida — eu disse.

Ninguém entendeu muito aquelas palavras.

— Por que você está dizendo isso, Mateus? — perguntou Tiago.

— Você lembra daquele dia? — eu perguntei.

— Sim, claro que lembro, estava você, o Ticão e o Leandro!

— Sim, e o que aconteceu com os dois mais tarde?

— Eles foram mortos pela polícia, mas a gente sabia que uma hora outra isso ia acontecer. Nós dois até comentamos dias atrás do ocorrido que eles só tinham dois caminhos, cadeia ou cemitério, infelizmente foi o segundo... E onde eu entro nessa história? — perguntou Tiago.

— Então, aquele dia eu ia sair pra roubar com eles, foi quando você chegou, falando da oportunidade no seu emprego. Você não percebeu como o Leandro ficou bravo comigo quando eu disse que ia com você?

— Pior que não, o Leandro sempre foi bravo por natureza, o normal dele era assim.

— Ele ficou bravo porque eu falei que ia com você pra pegar a roupa e eu precisava muito do emprego.

— Mas por que você ia fazer isso cara? — perguntou Tiago.

— Porque em casa estava um veneno do caramba, eu não conseguia emprego de jeito nenhum, vi uma oportunidade de ganhar um dinheiro e ajudar meus pais.

— Mas você sabe que eles jamais aceitariam dinheiro dessa procedência!

— Lógico que eu sei disso, mas eu não ia entregar tudo pra eles, ia falar que estava fazendo um bico.

— Princeso, graças a Deus que você não foi com eles — disse Laura.

— Sim, princesa, não fui e estou contando a história pra vocês. Por isso a minha gratidão por você Tiago.

— Caramba, você quase caiu nessa também, mano — disse Carlos.

— As circunstâncias da vida nos leva a cometer esses deslizes, tudo o que a gente precisa nessas horas é de um amigo pra dar o papo reto. Quando fiquei sabendo que você estava andando com os manos do movimento e ia entrar pra caminhada, não pensei duas vezes em conversar contigo — eu disse.

— Foi muito importante aquela ideia, mano, eu estava com um pé no crime, e uma vez que entra, fica difícil sair. Te devo essa — disse Carlos.

— Podem parar com isso, ninguém deve nada pra ninguém aqui. Desde criança nós prometemos cuidar um do outro, ou vocês não lembram mais? — disse Laura.

— Claro que a gente lembra — responderam os três, na mesma hora.

— Então pronto, vocês não fizeram mais que a obrigação, nosso lema é irmão cuida de irmão, foi isso que fizeram, se eu estivesse presente faria o mesmo.

— Essa garota não passa frio nunca, está sempre coberta de razão, não fizemos nada além do combinado lá atrás — disse Tiago.

— Faremos quantas vezes for preciso, esse quarteto é forte, unido — disse Laura.

— Laura, a gente vai a um show de reggae mais tarde, vamos com a gente? — eu perguntei.

— Vou não princeso, estou montando a palestra que vou fazer no evento!

— Você não cansa de estudar, Laura? — perguntou Carlos.

— Vou responder à sua pergunta com outra, pode ser?

— É claro que pode! — afirmou Carlos.

— Você cansa de ensaiar o seu jazz?

— Lógico que não, ensaio de seis a oito horas por dia, com o maior prazer, quero ser um dos melhores que já existiu! — disse Carlos.

— Muito bem, lindo, tá respondido a sua pergunta. Pra sermos os melhores naquilo que escolhemos para executar na vida, temos que nos dedicar, pra não ficarmos pra trás. Isso é tudo que a sociedade perversa quer, preto sendo submisso, nas sinaleiras, em situação de rua, sendo a carne mais barata do mercado, como vemos tanto por aí no dia a dia.

— Tá certa, Laura, por isso que você é a melhor — disse Carlos.

— Deixa eu me dedicar não pra ver se eu vou ser a melhor. Até queria ir com vocês, faz tempo que não vou a um show de reggae, última vez foi em Nova York, em um festival organizado por Ziggy Marley e Sthepen Marley para arrecadar fundos para algumas organizações na África do Sul, estavam presente: The Gladiators, Alpha Bondy, Irael Vibration, Kimani Marley, Dizariee, The Wailers e tantas outras atrações, um show e tanto.

— Caraca, isso não foi um show e sim uma celebração — eu disse.

— Foi demais, foi único, guardo tudo na memória, mas hoje vou estudar, preciso terminar o meu discurso, afinal de contas, o evento já é semana que vem, meus amigos!

— É verdade, eu preciso fazer alguns ajustes na minha apresentação — disse Carlos.

— Já estou até vendo esses neguinhos dando show no evento, um com lançamento do livro, que cada poesia é um soco no estômago, a outra com um discurso, que tenho certeza que vai ser brilhante e o outro com o sax tocando Miles Davis e John Coltrane. Chega logo semana que vem — disse Tiago.

— Tem você também com a peça que ensaiou à exaustão com as crianças da vila, como é o nome mesmo? — eu perguntei.

— *Só Quero Ser Criança*!

— Tenho certeza que vai ser um marco para todos "nós", tirando a Laura que já é profissional no que faz, palestrando em Harvard e Howard. Vai ser o nosso início, a nossa afirmação, imagina o nosso nervosismo — eu disse.

— Mas quem disse que não vou ficar nervosa, vou sim! Tenho costume com palestras, mas nunca fiz um discurso na minha vila, onde eu cresci. Vai ser muito louco, o nervosismo sempre vai existir, isso faz parte, quando estamos no palco, púlpito ou onde quer que seja, mas sempre digo, estando preparados, nada pode nos deter, essa é a verdade.

— Preparados e com vontade de vencer fica difícil segurar a gente. Pretos com autoestima é o medo da sociedade racista — disse Tiago.

— Então eles vão temer a gente pra o resto das suas vidas, a nossa autoestima sistema nenhum tira da gente mais — disse Carlos.

— É assim que se fala, meninos — disse Laura.

— Depois do evento vocês vão viajar, né, Carlos e Tiago? — eu perguntei.

— Sim, vai estar na hora de partir pra França. Vou sentir muito a falta de vocês, mas é necessário, preciso me aperfeiçoar na profissão, estudar, pra quando voltar, abrir uma companhia de teatro aqui na vila, mostrar para as crianças que podemos sim ser quem quisermos ser e conceder a oportunidades pra eles também — disse Tiago.

— É verdade, meu coração chega apertar só de pensar que vou ficar longe de vocês, mas como estávamos conversando, temos que abrir mão de algumas coisas, pra nos tornarmos os melhores naquilo que escolhemos seguir como carreira — disse Carlos.

— E vocês já arrumaram as coisas? — perguntou Laura.

— Uma parte sim, Laura, mas como não vou gastar com hospedagem, vou comprar algumas roupas pra levar. O Pierre disse que o inverno europeu castiga um pouco.

— Um pouco nada, eu sei bem o que passei por lá, tendo que acordar cedo para ir a aula. Tinha dias que não aguentava aquele clima, chorava, sentia muita falta do calor do nosso país.

— Isso me assusta mesmo — disse Tiago sorrindo.

— Só estou falando a verdade, Tiago, mas tenho certeza que você vai se adaptar rápido, você e o Mateus sempre gostaram do frio, eu gosto do calor, por isso sofri um pouquinho.

— Estou conversando bastante com o Pierre, sobre a cultura, a cidade, os costumes, porque, quando eu chegar lá, não vamos ficar 24 horas juntos, ele tem as coisas dele pra fazer.

— O que ele faz mesmo? — eu perguntei.

— Ele é chef de um restaurante, diz que manda bem!

— Coisa que não deve ser mentira, afinal, os chefs franceses estão entre os melhores. A gastronomia francesa é tudo de bom — disse Laura.

— Como você morou lá, conhece bem, né, dona Laura? Perguntou Tiago.

— Sim, são muito bons os restaurantes por lá. É claro que você vai estar com o Pierre, mas se você quiser te indico alguns restaurantes que eu frequentava — disse Laura.

— Feliz por vocês indo realizar o sonho, só confirmando que nada é impossível nessa vida. E você Carlos? — eu perguntei.

— E eu estou super ansioso, com medo ao mesmo tempo, feliz pra caramba, vou me tornar um dos melhores, vocês vão ver!

— Ah, moleque, é assim que se fala, imagino esse preto no TD Garden assistindo o jogo do Boston Celtics, vai ficar nojento que só — eu disse sorrindo.

— Não vou ficar nojento não, pode deixar que mando fotos e filmo pra você em tempo real, Mateus.

— Estou falando, ele já tá se gabando aí, vocês estão vendo?

— Foi você que provocou ele, princeso — disse Laura.

— Tá bom, vai, aceito suas fotos e filmagens, safado — eu disse sorrindo.

— Meus lindos vou indo pra casa, preciso terminar o que comecei, preparar o meu discurso, ficam com Deus e tomem cuidado no show, curtam por mim.

— Tem certeza que não vai com a gente mesmo? — perguntou Carlos.

— Tenho sim, quero terminar logo, e estudar sempre é bom — disse Laura sorrindo.

— Tá bom então, sua chata!

— Espero vocês na esquina da rua de casa às 21h — eu disse pra eles.

— Se o Tiago não atrasar, coisa que acho impossível acontecer — disse Carlos.

— Sabia que ia sobrar pra mim, eu nunca atraso, não entendi por que está dizendo isso.

— Atrasa sim, Tiago, sempre é você — eu disse.

— Tá bom então, vamos ver se vou atrasar hoje!

às 21h estava eu e o Carlos, e nada do Tiago, foi chegar às 21h15.

— Tá vendo, quando falamos que você atrasa não estávamos errados, olha a prova aí, 21h30 já — disse Carlos.

— Não exagera vai, agora é 21:17! — afirmou Tiago.

— Achei que tínhamos combinado às nove horas — eu disse.

— Vocês são chatos demais, só atrasei alguns minutos hoje, estava arrumando um negócio no celular da minha mãe, por isso demorei.

— Sempre uma desculpa nova quando ele atrasa, impressionante — disse Carlos.

— Se vocês ficarem aqui reclamando, vamos demorar mais tempo — disse Tiago.

— Falou o rapaz que está preocupado com o horário — disse Carlos sorrindo.

A caminho do show, íamos tirando barato um da cara do outro como de costume, com o alerta ligado, três pretos andando na rua em uma sociedade racista assusta, não deu outra, ao atravessarmos uma rua, avistamos um carro que parou pra nós atravessar, eu olhei para o motorista e sua companheira, vi no olhar deles o pedido de "pelo amor de Deus, não façam nada com a gente", não contente ele engatou a marcha ré do carro e saiu arrancado com medo da gente. Mesmo vendo essa cena, eu tinha esperança que ele ia estacionar o carro nas vagas que tinha naquela rua, nada disso, quando atravessamos, ele engatou a primeira marcha e saiu cantando pneu, ficamos incrédulos, olhando um para o outro.

— Esse arrombado achou que íamos roubar ele, é isso mesmo? — perguntou Carlos.

— Infelizmente foi isso sim — eu disse.

— Calma gente, ele só ficou assustado quando nos viu — disse Tiago.

— E você ainda tem a coragem de nos pedir calma, Tiago? — eu disse.

— Sim, não vai adiantar nós três ficarmos bravos, até parece que foi a primeira vez que esse episódio acontece com a gente! — disse Tiago.

— Não foi e nem será, mas é revoltante, se fosse três brancos atravessando a porra dessa rua, aquele racista dentro do carro não teria esboçado reação alguma, disso tenho certeza! — disse Carlos.

— Infelizmente essa é a realidade, meus amigos, a gente fica indignado, mas não vejo um fim, aos olhos dessa sociedade, somos bandidos, é dessa maneira que nos enxergam. A pele preta assusta demais, essa cena que acabamos de presenciar confirma esse racismo estrutural, e tem mais por vir. Resume bem o livro *Entre o Mundo e Eu* o que é habitar em um corpo negro na América — eu disse.

— Ele confirmou a presença semana que vem no evento — disse Carlos.

— Ta Nehisi Coates vem então? — eu perguntei.

— Presença confirmada! — disse Carlos.

— Que lindo esse evento vai ser, vai marcar a vida de muitas pessoas — eu disse.

— Inclusive as nossas — disse Tiago.

— Concordo com você, inclusive as nossas, vai ser o ponto de partida para as nossas carreiras se consolidar, termos a certeza de que NENHUM SONHO É IMPOSSÍVEL — disse Carlos.

— "É necessário sempre acreditar que o sonho é possível, que o céu é o limite e você truta é imbatível", Edi Rock disse isso pra gente há um tempo já — eu disse.

— Sim, Mateus, mas somos subestimados o tempo todo, as pessoas querem nos ver submissos para o resto de nossas vidas — disse Carlos.

— Eu sei, Carlos, e concordo com você, mas somos prova viva que tudo pode mudar, olha pra gente, olha o quanto a gente sofre pra conseguir uma oportunidade, muitos nem sequer tem essa oportunidade tão desejada, é quando deixa de acreditar em si próprio, e, infelizmente, alguns se perdem e optam para o outro caminho, caminho de poder, de ser respeitado de alguma forma, de ter fuzil na mão, joias no pescoço e rodeado de mulheres ao redor. Olha o Tom, puta cara inteligente, com condições de ser gerente em qualquer multinacional. Ele sempre teve essa coisa de liderar, na escola era assim. Não teve oportunidades, sem um base familiar, optou por esse caminho que todos nós sabemos — eu disse.

Chegamos no local do show, a atmosfera estava contagiante, todos ansiosos aguardado as bandas se apresentarem.

— Que horas tá marcado para o Adão Negro entrar no palco? — perguntou Carlos.

— Não lembro, mas a noite está apenas começando, tem muitas bandas pra rolar nesse palco, Ponto de Equilíbrio, Edson Gomes, Tribo de Jah, Mato Seco, Natiruts e tantas outras — disse Tiago.

Foi anunciado a entrada da banda Ponto de Equilíbrio, fomos à loucura, a maneira como o vocalista Hélio Bentes se apresenta é contagiante, vemos que ele faz por amor.

— A noite estava apenas começando, muita música ia rolar, é por essas e outras que eu te amo, reggae — eu disse.

CAPÍTULO 21

Flávio tinha marcado uma reunião com Paulo, Rocha e Fernando no restaurante luxuoso que eles gostavam de frequentar, sabiam que ali era um local seguro e reservado, eles discutiam assuntos de "negócios" ali ou no escritório dele.

— Fala, Paulo, quando vamos começar a obra naquela favela de gente imunda? — perguntou Flávio.

— Que isso Flávio, não fala assim dos meus fiéis, afinal de contas, são eles que abastecem os nossos cofres. São todos asquerosos e mal-educados, não suporto quando me veem e querem me abraçar, me beijar, mas faz parte, né? — falou Paulo sorrindo.

— Não sei como você aguenta essa gente, comigo é bem diferente, quando entrava naquela favela, entrava pra descer o cacete sem dó. Aquela favela já me deu muitas alegrias, viu? Alguns patrimônios que tenho, procede de muitos "serviços" vindos dali, o movimento do tráfico é forte ali, vem vagabundo de vários locais comprar, sendo assim, todo mundo leva, né? — disse Rocha sorrindo.

— Eu nunca nem fui naquela espelunca e nem quero ir, tenho alergia daquele povo — disse Fernando.

— Mas a sua ex-namorada não sai mais de lá, Fernando, inclusive namora um rapazinho aprendiz daquele vagabundo do Mauro — disse Rocha.

— Não precisa me falar, Rocha, eu sei que aquela puta não sai mais de lá, quero só ver até quando. Ela vai me procurar, querendo voltar, aí vai ser tarde, vagabunda! — disse Fernando.

— Quando falo que você é um fraco, fica com raiva de mim. Como pode um filho meu perder a mulher pra um pé rapado, um zé ninguém, que não tem onde cair morto, como aquele garoto? — perguntou Flávio.

— Você não cansa de querer me humilhar, me diminuir, né, pai? Ainda vou fazer algo que vai se orgulhar muito de mim!

— Tem que parar de ver as coisas dessa maneira, porra, eu falo isso é pra te fortalecer, não pra ficar se lamentando igual uma "mulherzinha" — disse Flávio.

— Precisa aprender ouvir os mais velhos, Fernando, a gente já viveu muitas coisas nessa vida — disse Rocha.

— Sei da vivência de vocês, eliminando algumas pessoas que cruzam o caminho de vocês.

— Disse bem, cidadão, eles cruzam o nosso caminho, só damos um jeito de tirá-los — disse Rocha sorrindo, despertando risos em todos.

— Com o tempo você vai aprender que negócios são negócios, meu filho — disse Paulo.

Depois que tiramos aquele líder metido a madre Tereza de Calcutá do caminho, as coisas estão bem mais fáceis para o nosso lado. Como essa gente não pode ver dinheiro, estamos comprando todas as casas no começo da favela para realizarmos a construção.

— Mas desse jeito vai dar bandeira, comprando todas as casas assim — disse Flávio.

— Que isso, a compra está sendo feita por alguns agentes da prefeitura. A região que estamos comprando fica próximo a uma área de risco, a uns dez metros tem um córrego, por mais favelados que eles sejam, não querem morar na beira de um rio de esgoto — disse Paulo.

— Em dia de chuva, gostávamos de invadir aquela favela, porque vagabundo acha que polícia não trabalha em dias chuvosos, então eles vacilavam, pegávamos eles cagando, não dava outra, prendíamos os flagrantes, e não vou mentir não, já jogamos alguns vagabundos com passagem pela polícia naquele rio cheio. A meu ver, não vai dá pra realizar a construção com aquele córrego lá — disse Rocha.

— Isso é de, menos comandante Rocha, em um mês a FF Construção faz esse córrego desaparecer, a gente faz canalização dele todo e construímos o templo, sem problema algum — disse Flávio.

— Era pra ser em todos os lugares assim, saneamento básico pra todos, o mínimo — disse Fernando.

— Tá com dó desse povo, Fernando? — perguntou Rocha.

— E eu lá tenho dó de pobre, quero mais é que eles se fodam!

— Se fodam tudo bem, só não podem falar que querem que eles morram, porque aí vai secar uma das nossas fontes de dinheiro — disse Paulo sorrindo.

— Sim, eu sei disso, Paulo, quero que eles se fodam de tanto trabalhar mesmo, e ganhando o mísero salário de sempre, mas não deixando de contribuir nos templos — disse Fernando.

— Assim que se fala, filho — disse Paulo.

— Mas tem um problema que precisa ser resolvido, né, Paulo? — perguntou Flávio.

— Qual, Flávio?

— Aquele traficante que se autointitula dono da favela, temos que tirar ele do nosso caminho também — disse Paulo.

Não vejo necessidade de mexer com ele agora, podemos ter uma rejeição grande com ele morto, os moradores vão começar a fazer protestos, ele é muito querido por grande parte dos moradores da favela, tenho certeza que o Mauro, junto com a imprensa vão fazer um barulho enorme, nesse momento tudo que a gente menos precisa é disso.

— Tá certo, Paulo — disse Rocha.

Assim que tudo ficar pronto, dou um jeito nesse sujeito metido a esperto.

— Sim, a gente se instala na favela e você manda fazer esse "servicinho" — disse Paulo.

— Já que você falou no Mauro, esse comunista vagabundo, ele tem provas contra a gente, estou ficando preocupado, lógico que se acontecer algo vamos negar, mas tem alguém nos traindo. Esse silêncio dele por hora me deixa incomodado, não sabemos o que está por vir — disse Flávio.

— Já falei que precisamos dá um basta nesse vagabundo, se não ele vai acabar com os nossos planos, mas tem que ser uma execução perfeita — disse Paulo.

— Estou começando traçar alguns planos, vendo locais que ele frequenta, inclusive os horários, só que esse comunista é safo, ele nunca faz os mesmos caminhos, e nem repete os horários — disse Rocha com raiva.

— Vocês acham que ele desconfia de alguma coisa, por isso que não repete os caminhos? — perguntou Fernando.

— Não sabemos, Fernando, mas vamos descobrir — disse Rocha.

— Mas o fim desse cara está próximo, mais próximo do que vocês imaginam! — afirmou Fernando.

— Você falando assim até parece que vai fazer alguma coisa, filho — disse Paulo.

— No que depender desse aí, Paulo, aquele vagabundo morre deitado em uma cama com quase cem anos de idade — disse Flávio sorrindo.

— Um dia você vai sentir muito orgulho de mim, pai — resmungou Fernando.

— Fiquem tranquilos que o fim desse comunista de merda está próximo, eu garanto a vocês — disse Rocha.

— Precisamos pegar todas as provas que ele tem contra nós. Já pensei em contratar alguns profissionais pra invadir a residência dele pra pegar essas benditas provas, tudo que ele publicou naquele jornaleco de quinta categoria tem fundamento, sabemos que muita coisa pode vir à tona. Mesmo esse país não funcionando leis para a nossa classe social, temos que ficar atentos — disse Flávio.

— Concordo com você, Flávio, se isso acontecer, será péssimo pra minha reputação, ainda mais agora que estou levantando fundos nos templos para realizar o batismo dos meus fiéis no Rio Jordão — disse Paulo.

— E como é isso? — perguntou Flávio dando gargalhada.

— É bem simples, tem a nossa capa de batismo, cada fiel que contribuir com no mínimo 500 reais coloca as digitais na capa, quando chegarmos no Rio Jordão, vamos fazer o batismo de todos que deixaram suas digitais, sendo assim, serão salvos — disse Paulo.

— Que povo mais alienado é esse, hein, Paulo? Precisamos muito desses imbecis para os nossos negócios crescerem cada vez mais! — disse Flávio.

— Não fala assim dos meus fiéis, estou indo orar por eles, indo pedir saúde a esse povo, precisamos deles com saúde para trabalhar, pra não deixar de contribuir conosco.

— Disso você tem razão, precisamos deles fortes fisicamente, não mentalmente, porque se eles começarem a pensar, acaba uma das nossas fontes — disse Flávio sorrindo.

— Isso não vai acontecer, eles são bem fiéis a mim, disso tenho certeza — disse Paulo.

— Com esse Mauro no nosso caminho sempre falando um monte de besteiras temos que ter cuidado pra você não perder os seus alienados — disse Fernando.

— Logo ele vai encontrar um lugarzinho pra ele dormir eternamente — disse Rocha.

— Sim, logo isso vai acabar — concordou Fernando, e todos sorriram.

CAPÍTULO 22

O dia tão aguardado pra gente enfim chegou, Laura me mandou mensagem logo pela manhã.

— Bom dia, princeso. Tudo bem?

— Bom dia, princesa. Estou bem, e você?

— Confesso que estou um pouco ansiosa, um evento desse tamanho, com tanta gente boa, vai ser demais.

— Você concluiu o seu discurso como queria?

— Sim, tá tudo pronto, quero mostrar para o nosso povo que podemos chegar aonde a gente quiser, mesmo com todas essas barreiras que insistem em nos deixar fracos.

— Isso, princesa, esse povo precisa de exemplos como nós, aí sim vão perceber que é possível. Vamos fazer o seguinte, vou mandar mensagem para Carlos e para Tiago, pra gente se encontrar aqui em casa até a hora de começar o evento. O que você acha?

— Acho uma ótima ideia, vou tomar banho e arrumar as minhas coisas e chego aí!

— Sabe como a dona Maria é, né? Está preparando aquele café pra gente, com o sorriso de orelha a orelha, acabou de falar que está cheia de orgulho de nós.

— A tia não existe com essa doçura sem tamanho, eu queria tanto que a minha mãe estivesse aqui pra nos ver.

— Mas ela está sim, a passagem pra outro plano não é o fim, ela tá cheia de orgulho da garotinha dela!

— A minha tia Estela tá no Brasil, chegou semana passada, ela me ligou ontem, falou que não perde esse evento por nada, falou que ver a sobrinha e os amigos não têm preço, "sinto tanto orgulho de você, pequena", ela disse ao telefone, eu falei que tudo que sou hoje, devo a ela, se não fosse ela, não seria quem eu sou.

— Que bom, ela vem, faz tempo que não vejo a sua tia! Vou mandar mensagem pros caras pra virem tomar café aqui. Até já.

— Até já. Deixa eu te perguntar, a Luana não vai vir?

— Vai sim, ela dormiu aqui em casa, daqui a pouco eu a chamo.

— Entendi, ela está aí já. Até já.

— Beijos.

Dona Maria colocou a mesa, nos sentamos e começamos conversar sobre os artistas que iam vir.

— Mateus, eu não sei quais vão ser todas as atrações, você sabe? — perguntou Carlos.

— Sei sim, Racionais, Ta Nehisi Coates, Sergio Vaz, Luiz Eduardo Soares, Larissa Fulana de Tal.

— A Larissa vem também? — perguntou Tiago.

— Sim, presença confirmada!

— Eu gosto demais dessa diretora! — disse Tiago.

— Eu a acompanho também, Tiago — disse Laura.

— Quem mais confirmou?

— Djamila Ribeiro. Olha o coração, Luana e Laura — eu disse sorrindo — outra presença internacional que vocês vão gostar, eu particularmente gosto demais, sei que o Carlos também vai gostar, Talib Kweli vai estar na área.

— Não acredito, é sério? — perguntou Carlos.

— Lógico que é sério, pô!

— Caramba, mano, vou ouvir Talib Kweli assim de perto, que sensacional, nem nos melhores sonhos imaginei isso.

— E tem a gente também, estão pensando o que, tem o Mauro que vai falar.

— Esse eu não perco por nada, estava lendo a coluna dele no jornal, o homem é inteligente demais, intrépido — disse Laura.

— Ele é demais mesmo, Laura, mas temo muito pela vida dele — disse Luana.

— Faz parte, quem luta pela causa está fadado a conviver com essa questão quase que diariamente.

— Sim, o Mateus fala exatamente assim pra mim. Você e o Mauro não se conhecem pessoalmente, né? — perguntou Luana.

— Ainda não, vamos nos conhecer hoje!

— Gente esqueci de falar que o MV Bill e o Celso Athayde vão estar presente fortalecendo no evento também, não poderia ser diferente, né? — eu disse.

— Esses dois fazem muito pelo povo — disse Tiago.

— Bom, vamos comer que a gente precisa ir — disse Carlos.

Meu celular tocou, era o Mauro!

— Alô, Mateus?

— Fala, mestre. Tudo na paz?

— Sempre, garoto. Estou indo buscar os livros na editora. Vai a Bianca e mais dois rapazes, como a gente combinou, vamos montar a mesa do lado do palco.

— Entendi, será que vamos ter sucesso nas vendas?

— É claro que sim, garoto, mas esquece isso agora, deixa as coisas acontecerem naturalmente.

— Sim, mestre!

— Então até daqui a pouco.

— O que ele queria? — perguntou Laura.

— Ele está a caminho da editora!

— Que coisa mais linda. Esse livro vai ser um sucesso — disse Laura.

— Vai ser sim. É hoje que você vai ser inserido no cenário nacional, meu poeta — disse Luana.

Quando chegamos no local do evento, o coração bateu mais forte, aquela estrutura, milhares de cadeiras para os mais velhos, o palco, ao lado ia ficar a tenda com o nome do meu livro *Acreditar* e o nome da editora da qual agora eu era o contratado.

Estávamos vivendo um sonho que jamais imaginávamos que iria acontecer, tirando a Laura que já tinha iniciado a carreira lá fora, percebi que os olhos do Tiago e do Carlos estavam cheios de lagrimas.

— Calma, rapazes. O nosso show está apenas começando, tenho certeza que vamos arrebentar tudo — eu disse.

— Hoje é o nosso dia, os quatro pretos, que pra grande maioria iam entrar para as estatísticas, provando o contrário, mostrando para esse sistema imundo que chegamos aonde é o nosso lugar, sem passar por cima de ninguém — disse Tiago.

— Vamos mostrar para o nosso povo como é que se faz um show de verdade — disse Carlos.

— É isso aí, a maioria das pessoas que vão estar aqui nunca tiveram a oportunidade de ir a um show na vida, palestras e tudo que vai rolar aqui, por isso que precisamos nos entregar de corpo e alma. Quando subirmos no palco, vamos estar representando eles e milhares de quebradas espalhadas pelo Brasil, é a nossa cara representá-los da maneira que eles merecem — disse Laura.

— O evento vai ter transmissão da TV Cultura, a equipe deles já estão ali — disse Tiago.

— Vai ser ao vivo, portanto vamos passar para todo o Brasil, isso é sensacional — eu disse.

— A perna dá até uma tremida — disse Carlos sorrindo.

— Isso eu posso garantir que é normal, sinto elas tremendo até hoje — disse Laura.

— Fala, garotos, como vocês estão? Preparados? — perguntou Mauro.

— Oh, mestre, estamos mais que preparados!

— Assim que se fala garoto, gosto de ver essa confiança!

— Mestre, até que enfim o senhor e a Laura vão se conhecer.

— Caramba já estava na hora disso acontecer, apesar que eu já te conheço há um tempo, viu, Laura? o garoto aqui sempre falou de você, da relação de vocês desde criança. Prazer, Mauro.

— Espero que ele só tenha falado coisas boas viu, se não mato ele. Prazer é todo meu!

Uma das primeiras coisas que ele me falou quando nos vimos novamente foi "você precisa conhecer o Mauro, o homem que acreditou em mim, é o responsável dessa gana por conhecimento que despertou em mim". Vou confessar ao senhor, não deve ter sido nada fácil, né? Esse menino só pensava em jogar bola dia e noite — disse Laura.

— Até que foi mais fácil do que eu imaginava, esse garoto sempre teve a chama acesa por justiça e igualdade, só estava apagada, eu só ajudei ele acender, agora não apaga mais nunca, disso eu tenho certeza — disse Mauro sorrindo.

— Disso também tenho certeza, eu e esse vagabundo vamos dar voz ao nosso povo.

— É assim que se fala, garota, temos que praticar a paz, mas não podemos abaixar a cabeça pra ninguém!

— De jeito nenhum, isso não mais!

— Quero que vocês subam naquele palco e falem por milhões de pessoas que são oprimidas diariamente, os esquecidos que estão nas favelas, desse país tão desigual, que sequer tem o direito de expressar suas opiniões, por acharem que são fracos e incapazes, assim como já sentimos isso um dia. Vocês vão subir e mostrar que todos nós podemos ser o que quisermos ser, vão falar como Marcus Garvey "de pé, raça poderosa, você pode", essas pessoas precisam ter representatividade, vocês é que vão representá-las — disse Mauro.

— Assim como o senhor faz, mestre! — eu disse.

— Mateus, tudo bem com você? — era o Sergio, presidente da associação que assumiu após o assassinato do Claudinho.

— Tudo, Sergio. E com você?

— Não tá muito bem — disse ele.

— Sergio esse aqui é o Mauro, escritor, professor, colunista, meu mestre e mais uma porção de coisas — eu disse sorrindo.

— Eu conheço esse monstro sim, quem mora na favela que não o conhece?

— Tem bastante gente, viu? Tem uns que até o critica. Mas porque você falou que não está tudo bem?

— Não temos um mestre de cerimonias, não pensamos nisso, uma falha tremenda da nossa parte, precisamos de uma pessoa pra apresentar o evento.

— Caraca, como ninguém pensou nisso antes, ferrou tudo, ou não, né, mestre? — eu perguntei sorrindo.

Ele sabia o que eu estava pensando e com certeza ia aceitar.

— O que o senhor acha, mestre?

— Acha o que garoto? — perguntou sorrindo.

— De ser o apresentador do evento?

— Nem de longe levo jeito pra ser apresentador, mas topo sim, pro bem do evento!

— Pronto, Sergio, se o problema era esse, não é mais, está resolvido! — eu disse.

— Mauro, eu não sei nem como te agradecer.

— Já agradeceu fazendo parte da organização de um evento tão importante como esse.

— Mateus, vamos arrumar o local do lançamento do seu livro antes de eu subir para o palco.

— Vamos sim, mestre!

As pessoas começaram a chegar lentamente, estava começando a ficar cheio, arrumamos a tenda e a ansiedade só aumentava.

— Como vai o coração, princeso? — perguntou Laura.

— Vai bem, obrigado. E o seu?

— Um pouco de frio na barriga, mas nada fora do comum!

— Carlos, você vai gastar esse sax de tanto alisar ele — eu disse sorrindo.

— Estou conversando com ele, hoje vocês vão presenciar algo que jamais viram na vida, o poder que esse sax tem! — disse Carlos.

— Tá certo, meu amigo, sobe lá e arrebenta com tudo!

— Pode deixar comigo, faça o mesmo, vou colocar o fone e ouvir um pouco de música pra relaxar e me concentrar.

— Tá certo, logo mais eu e a garota aqui vamos fazer o mesmo — eu disse.

— Cadê o Tiago? — perguntou Carlos?

— Está fazendo os últimos ajustes com as crianças na casa do seu Atenor!

— Seu Atenor sempre foi um senhor ligado à arte, não poderia deixar de ser na casa dele — disse Carlos.

— Ele sempre incentivou a criançada mesmo, sempre disse que a arte salva pessoas e consequentemente o mundo, um verdadeiro sábio — eu disse.

— Viva o seu Atenor!

Quando percebemos o evento estava tomado por pessoas, tanto de dentro da favela, quanto de fora, pessoas que jamais tínhamos visto antes.

— Mateus, parabéns por fazer parte de um evento tão importante como esse, tenho certeza que vai ser um dia inesquecível!

Quando olhei era Luiz Eduardo Soares, mas como ele sabia meu nome? Isso é só um detalhe agora, pensei.

— Prazer, Mateus!

— O prazer é todo meu, Luiz, vai ser sim, um dia inesquecível, aliás, já está sendo.

— Sempre disse por aí afora que precisamos desse tipo de evento. Esses jovens que estão do lado inverso do caminho precisam ver e se sentirem representados por pessoas que cresceram nas mesmas condições que eles, que tiveram as mesmas dificuldades e poucas oportunidades, mas seguiram firmes diante das tentações, e hoje vocês estão aqui, sendo reconhecidos no Brasil e no mundo, através da arte. Isso não tem preço. Eu acredito e sempre acreditei na capacidade das pessoas que moram nas periferias, vocês tem talentos inimagináveis, só precisam de oportunidades, olha o resultado aí, hoje o Brasil vai presenciar isso! — disse Luiz.

— Muito feliz do senhor ter aceitado o convite pra participar do evento!

— Que isso, Mateus, vocês são capazes de mudar muitas vidas. Deixa eu ser um dos primeiros a adquirir o seu livro. Que sensação gostosa que a gente sente quando vemos que nada foi em vão todo esforço feito, horas de sono perdidas, no caso de vocês sem muitas perspectivas e inúmeros questionamentos, se vai dar certo, se é melhor desistir, chacota de alguns que se dizem amigos.

— Nossa muito real tudo o que o senhor disse, como sabe desses questionamentos? — eu perguntei.

— Estou nesse trabalho há anos, Mateus, sei do que estou falando! — disse Luiz.

— Pior que sabe mesmo — eu disse sorrindo.

— Agora me passa o livro aqui, rapaz!

— Claro, claro, aqui está.

— Eu não mereço uma dedicatória não? — disse Luiz sorrindo.

— É lógico que merece, ato falho meu!

— É o hábito, logo estará acostumado, parabéns pelo livro, Mateus.

— Muito obrigado — eu disse meio sem graça.

— Até logo, nos vemos mais tarde, quero ver a sua palestra!

— Eu também quero ver a do senhor, não perco por nada! Eu disse. Mauro ia começar apresentar o evento!

— Boa tarde a todos.

— Boa tarde — responderam todos em um couro efusivo!

— Estamos todos reunidos hoje aqui por um único motivo, motivo esse chamado esperança por dias melhores, esperança essa que levou quatro jovens, crias dessa comunidade, que acreditaram nos seus sonhos e falaram que "nenhum sonho é impossível", de fato estavam certos, eles são prova disso. O que vamos presenciar hoje aqui nesse palco, o esforço que eles fizeram pra chegar até aqui, misturado com talento, que foi preciso lapidar pra eles acreditarem que sim, eles são capazes, assim como muitos de vocês que tenho certeza que possuem algum talento nessa vida, só precisam de dedicação para alcançar. Sigam em frente, mesmo com todas as probabilidades não estando a nosso favor. Vamos passar por cima de todas as barreiras. Vamos fazer esse trato. O que vocês acham? Perguntou Mauro.

A galera foi à loucura com as palavras de Mauro, muitos aplausos, muitos gritos, pessoas arrepiadas, assim como eu me encontrava.

— Só depende de vocês, vamos seguir em frente, porque ainda temos muitas batalhas! Agora com vocês, Tiago e as crianças do bairro com a peça *Só Quero Ser Criança*.

A peça começa com duas crianças de oito e de dez anos, uma pedindo dinheiro e a outra vendendo balas. Se aproxima um carro, e o motorista já vai logo falando: "vão pra casa seus pirralhos, desde cedo já são vagabundos!".

Vem uma outra motorista e pergunta: "não era pra vocês estarem na escola meus lindos?".

— Era sim, tia, mas a gente precisa ajudar a nossa mãe!

— Onde ela está?

— Trabalhando, ela faz serviço de "limpadora" de casa na zona sul, mas o dinheiro dela é pouco, e "nóis" tem mais dois irmãos, de um ano e outra de três, que ela leva pra creche antes de ir para o serviço, deixa nossa roupa arrumada para ir pra escola. Tem dia que "nóis vai", mas tem dia que "nóis" vem pra cá, pra tentar conseguir um dinheiro pra ajudar em casa!

— E o pai de vocês?

— Depois que a bebê nasceu, ele abandonou a gente, foi embora sem deixar endereço. Às vezes eu acho que ele vai aparecer — disse o menor.

— Por mim quero que ele morra. A gente não precisa dele, irmão — disse o mais velho.

— Não fala assim, ele é nosso pai!

— Meu não, homem que abandona os filhos é safado pra mim!

— Tá bom, irmão, não vamos brigar por isso... A dona pode levar uma balinha?

— Claro, meus lindos. Toma aqui e me dá só uma bala!

— Nossa eu não tenho troco pra cem reais, tia!

— Pode ficar pra vocês, meus lindos. Me prometem que vocês vão pra escola amanhã?

— Sim, amanhã a gente vai, só vem pra cá depois da aula. A gente até queria depois da aula poder ir pra casa, ser criança, jogar um vídeo game se tivesse um, brincar de bola, bolinha de gude, andar de bicicleta, mas não temos uma também, mas temos um carrinho de rolimã, mas sabemos que somos os homens da casa e precisamos trabalhar, não estamos aqui porque a gente quer dona. Muito obrigado, tá?

— Obrigado vocês, por me fazer uma pessoa melhor, me fazer refletir e melhorar como pessoa!

Neste momento entra as outras crianças no palco, brincando e cantando, que elas só querem ser crianças.

A peça do Tiago levou a plateia às lágrimas, aplausos e gritos de "Tiago, Tiago".

— Mais aplausos, por favor, pra essa peça linda que acabamos de assistir. Ainda hoje eles voltam com outra apresentação, parabéns Tiago. Acabamos de assistir cenas corriqueiras nas ruas. Muitas pessoas da nossa sociedade acham normal crianças trabalhando, não pode ser normal, meu povo, criança tem que estudar, brincar, ser criança, aí o que eu mais ouço por parte de algumas pessoas que tiveram oportunidades na vida é que existe sim meritocracia nesse país desigual, quem escolhe o outro lado é vagabundo e pronto, isso é de uma falta de reflexão absurda, que me deixa incomodado a ponto às vezes de querer partir pra cima dessas pessoas, mas logo recobro meu estado sereno e tento mostrar pra elas o quão perverso é essa fala.

— Mateus ele tem uma retórica brilhante, é um orador nato — disse Laura.

— Esse cara é muito fera, Laura. Você percebeu como todos na plateia se comportam quando ele estava falando? Eles têm um respeito enorme por ele, não é pra menos, eu sou suspeito pra falar dele, sabe? Mas esse homem tem um poder incrível de salvar vidas — eu disse.

— Estou percebendo, os jovens anseiam ser igual a ele quando crescerem, isso é representatividade, ele fala a língua de todos — disse Laura.

— Agora com vocês, um dos caras mais gente boa que eu conheço, meu amigo de infância, crescemos juntos, com vocês o poeta Sergio Vaz.

Muitos aplausos da plateia.

Eu, claro não perdi um só minuto da apresentação dele, conversou com o público, recitou muitos poemas do livro *Alvenaria de Flores*, que vamos confessar, é uma obra e tanto, cada reflexão que não é brincadeira.

Subiram no palco MV Bill e Celso Athayde, falaram um pouco sobre o documentário *Falcão Meninos do Tráfico*, dos apuros que passaram e do único sobrevivente, das integrações que é necessário ter nas favelas. Um papo pra lá de enriquecedor.

Um dos momentos mais aguardado por Luana e Laura, a apresentação de Djamila Ribeiro.

— E agora com vocês, Djamila Ribeiro, vamos dar boas-vindas pra ela, meu povo?

Gritaria e aplausos efusivos de "Djamila, Djamila"!

— Que coisa mais linda esse evento. Já passaram algumas pessoas que tenho um respeito enorme por aqui, a peça linda do Tiago, cria daqui do bairro de vocês, isso é uma conquista e tanto, ainda tem mais gente pra se apresentar, tem muita coisa boa por vir, quero agradecer desde já o convite feito e dizer que estou muito feliz de fazer parte desse evento, cujo nome diz tudo, *A Arte Salva* isso é um fato, salva mesmo, comigo não foi diferente. Ao nomear as opressões de raça, classe e gênero, entende-se a necessidade de não hierarquizar opressões, de não criar, como diz Angela Davis, em *Mulheres Negras na Construção de uma Nova Utopia*, "primazia de uma opressão em relação a outras".[17]

---

[17] RIBEIRO, Djamila. **O que é lugar de fala?**. Belo Horizonte: Editora Letramento, 2017.

Pensar em feminismo negro é justamente romper com a cisão criada numa sociedade desigual, logo é pensar projetos, novos marcos civilizatórios para que pensemos em um novo modelo de sociedade. O problema que os teóricos esquerdistas apresentam em relação à política identitária, entretanto, não é somente em relação ao processo de como realizaremos a revolução, mas também sobre aquilo pelo que lutamos. Alguns imaginam que novas comunidades idealizadas darão muito menos ênfase a diferenças étnicas e raciais, diferenças que veem como resultantes inteiramente ou quase inteiramente de estruturas de opressão, tais como o escravismo e o colonialismo. Essa insistência em não se perceberem como marcados, em discutir como a identidades foram forjadas no seio de sociedades coloniais, faz com que pessoas brancas, por exemplo, ainda insistam no argumento de que somente elas pensam na coletividade; que as pessoas negras, ao reivindicarem suas existências e modos de fazer política e intelectuais, sejam vistas como separatistas ou pensando somente nelas mesmas. Ao persistirem na ideia de que são universais e falam por todos, insistem em falarem pelos outros, quando, na verdade, estão falando de si ao se julgarem universais. Por exemplo, ainda é muito comum a gente ouvir a seguinte afirmação: "mulheres ganham 30% a menos do que homens no Brasil", quando a discussão é desigualdade salarial. Essa afirmação está incorreta? Logicamente, não, mais sim do ponto de vista ético. Explico: mulheres brancas ganham 30% a menos do que homens brancos. Homens negros ganham menos do que mulheres brancas e mulheres negras ganham menos do que todos. A história tem nos mostrado que a invisibilidade mata, o que Foucault chama de "deixar viver ou deixar morrer". A reflexão fundamental a ser feita é perceber que, quando pessoas negras estão reivindicando o direito a ter voz, elas estão reivindicando o direito a própria vida. Ainda sobre a mulher negra, continua Kilomba, ser essa antítese de branquitude e masculinidade dificulta que ela seja vista como sujeito. O olhar tanto de homens brancos e negros e mulheres brancas confinaria a mulher negra num local de subalternidade muito mais difícil de ser ultrapassado. Vou ficando por aqui, espero que vocês tenham gostado dessa nossa reflexão, mas não vou embora não, só saio daqui quando esse evento terminar — disse Djamila Ribeiro sorrindo.

A galera foi ao delírio com a palestra da Djamila.

— Mais palmas, por favor. Essa foi Djamila Ribeiro.

— Surreal a aula que essa mulher deu aqui, Luana — disse Laura.

— Todas as palestras dela são aulas, que mulher! — disse Luana — é muito importante as pessoas saberem do lugar de fala. Os brancos precisam reconhecer seus privilégios, assim daremos um passo importante para o fim do racismo e dessa desigualdade social que eles tanto insistem em falar que não existe racismo nesse país, que é vitimismo, na verdade eles não querem enxergar, preferem ver o negro como subalterno o tempo todo, mas isso precisa acabar.

— Acho difícil isso mudar, Luana, seus irmãos de cor, uma boa parte, não pensa assim, isso só vai acabar se as pessoas de fato começarem a enxergam seus privilégios — disse Laura.

— Pessoal isso aqui tá muito lindo, muito conteúdo, agora eu vou chamar ao palco, uma das pessoas mais talentosas que eu conheço. Ele não é de Nova Orleans, mas parece que nasceu lá, a suavidade com que ele toca o sax é de fazer a gente ir às lágrimas — disse Mauro.

— Meus amigos, vou dar um show, por mim e por vocês, vou mostrar a todos do que somos capazes — disse Carlos antes de subir ao palco.

— Agora no palco com vocês... Carlos!

— Olá, gente, espero que vocês estejam gostando de tudo que estão presenciando. Está sendo tudo muito novo pra gente essas apresentações, nunca tivemos esse contato tão de perto com arte, agora deixa eu parar de falar e fazer o que eu sei de melhor, espero que vocês gostem e apreciem.

Vou começar com a canção do cara que fez eu gostar de jazz, ele é a minha maior inspiração, responsável por tudo, John Coltrane, o nome dessa canção é *In A Sentimental Mood*.

Se fez um silêncio enorme na multidão com a suavidade que ele tocava a canção, nem parecia que tinha mais de 5 mil pessoas ali, tamanho era o silêncio. A grande maioria presente não fazia ideia do que aquele jovem era capaz de fazer. Terminada a primeira canção, a galera, como já estava se tornando hábito, foi ao delírio com aplausos e gritos.

— Obrigado, gente, agora vou tocar pra vocês uma música do pernambucano Moacir Santos, a música é *Nanã*. Uma das músicas que meu amigo Mateus mais gosta, *Flamenco Skitches* do grandioso Miles Davis.

— Olha, Mateus, ele vai tocar uma das músicas que você mais gosta — disse Luana.

— Esse vagabundo, sempre pedi pra ele tocar essa, e ele sempre disse que não sabia, vai tocar agora de surpresa pra mim, depois eu pego ele — eu disse.

— O Carlos é cheio dessas coisas — disse Tiago.

— Mateus, essa é pra você — disse Carlos, começando a canção.

— Aí ele me quebra, quem gosta de jazz sabe o que estou sentindo agora ao ouvir esse som maravilhoso.

— Eu fico imaginando o Carlos depois que ele voltar de Boston — disse Laura.

— Vai se tornar um dos melhores que esse país já viu. Sem o cara nunca ter ido a uma aula, é capaz de fazer isso, imagina com ajuda profissional, vai voltar mais monstro do que já é. Vou sentir muita falta desse moleque, mas sei que é para o bem dele — eu disse.

Carlos continuou com o seu show lindo e comovente, mandando só as melhores, *Easy Livin*, de Clifford Brown, *Broad Way Blues*, de Omette Coleman, *Naima*, de John Coltrane, *Soul Eyes*, de John Coltrane e *My Little Brown Book*, dele também, fechando com *Blue in Green*, de Miles Davis.

— Senhoras e senhores, essa foi nada mais, nada menos uma das melhores apresentações de jazz que eu já vi na minha vida — disse Mauro.

Nem precisou Mauro pedir palmas, o sentimento que todos estavam sentindo fez por si só, muitas pessoas estavam com lágrimas nos olhos.

— Parabéns, Carlos, o que você acabou de nos mostrar vai ficar por muito tempo em nossas memórias — disse Mauro.

Todos começaram a gritar "Carlos! Carlos!".

— Caramba, menino, viu o que você é capaz de fazer, olha como todos estão, muitos aqui não sabiam o que era jazz, mas a partir de hoje, tenho certeza que vão começar a ouvir! — afirmou Laura.

— Gente, não estou acreditando no que está acontecendo. Vocês gostaram da minha apresentação?

— Que pergunta mais besta, Carlos, precisa responder? Olha só como todos estão. Mesmo se a gente não tivesse gostado, não ia fazer diferença alguma. Olha como todos estão — disse Tiago sorrindo.

— Lógico que gostamos, mano, foi uma das coisas mais incríveis que aconteceu nesse palco. Você deu um verdadeiro show pra todos, parabéns irmão, estou muito feliz por você — eu disse.

— Pessoal eu peço um pouco da atenção de vocês, esse garoto que acabou de se apresentar é muito bom, né? — perguntou Mauro.

Todos gritaram dizendo que sim!

— Ele ganhou uma bolsa de estudos, em uma das melhores escolas de jazz do mundo, para estudar durante dois anos, os materiais a escola vai fornecer, agora a estádia é por conta do aluno, o que vocês acham de darmos um ajuda?

— Não acredito que o Mauro está fazendo — disse Carlos.

— Quando eu falo que esse cara não existe, as pessoas não acreditam — eu disse.

— Você sabia disso, Mateus? — perguntou Laura.

— Lógico que não, gente, ele faz essas coisas da cabeça dele. Eu comentei com ele que estava preocupado, que o Carlos tinha ganhado a bolsa, mas eles não iam custear a estádia.

Ele só disse: "isso é de menos garoto, fica tranquilo que vamos dar um jeito", nem passou pela minha cabeça que ia fazer isso, só o Mauro mesmo, viu? — eu disse sorrindo.

A resposta da plateia foi um sonoro sim!

Subiu ao palco Ta Nehisi Coates junto com um tradutor. Falou do seu livro *Entre o Mundo e Eu*. Quando viu a tristeza do filho com a absolvição do policial que tinha matado Mike Brown, disse que não podia consolar o filho, porque aquela era a realidade, infelizmente ele vai ter que enfrentar essa situação muitas vezes, resolveu escrever uma carta ao filho. Uma leitura necessária.

— Agora tenho certeza que esse momento vai se tornar único na memória de vocês, vou chamar ao palco Talib Kweli e Mc Marechal.

Todos foram ao delírio, não era pra menos, duas horas de um show inesquecível.

— Agora vocês terão a honra de presenciar mais uma cria da vila, uma filósofa incrível. Laura, suba ao palco por favor.

— Olá, gente. Como vocês estão, espero que estejam aprendendo o máximo possível e se divertindo também. Vou alertar a vocês a importância da gente desconstruir uma mente machista e racista. Confesso que fiquei um pouco nervosa quando recebi o convite para fazer parte desse evento maravilhoso. Apesar de ter uma certa experiência com palestras, é um pouco diferente falar para o bairro onde você nasceu e cresceu. Fiquei um dia preparando o material, pensei em qual mulher falar, acho que não poderia ter feito escolha melhor. Assim como a minha amada mãe era e a maioria das mulheres que moram no bairro são empregadas domésticas, precisam atravessar a cidade no transporte público caótico e aguentar os caprichos das patroas, retornando para seus lares, muitas ainda se deparam com a violência doméstica, daqueles que se dizem companheiros.

Vou falar pra vocês de duas mulheres, Carolina Maria de Jesus e Sojourner Truth.

> "Filha de negros, Carolina de Jesus nasceu em Sacramento, Estado de Minas Gerais. De família pobre, a intelectual brasileira contou com a proteção de Maria Monteiro de Barros, que patrocinou seus estudos. Célebre intérprete lírica brasileira, Carolina foi também escritora e tem em sua obra um importante referencial para os estudos culturais no Brasil e no mundo.
>
> Sua obra mais conhecida é Quarto de Despejo, que resgata e delata uma face da vida cultural brasileira no início da modernização da cidade de São Paulo e do surgimento de suas favelas.[18]

Pesquisem sobre essa mulher, gente. Na minha humilde opinião a melhor escritora brasileira. Lutou para sair da invisibilidade, como muitos negros precisam fazer para viver nesse país racista chamado Brasil. Uma frase dela que me toca demais é essa:

> Não digam que fui rebotalho,
> que vivi à margem da vida.
> Digam que eu procurava trabalho,
> mas fui sempre preterida.
> Digam ao povo brasileiro
> que meu sonho era ser escritora,
> mas eu não tinha dinheiro
> para pagar uma editora.

Vamos falar um pouco de Sojourner Truth, que foi uma abolicionista afro-americana e ativista dos direitos das mulheres, vou falar

---

[18] PALMARES. Maria Carolina de Jesus. **Portal Geledés**, 2013. Disponível em: https://www.geledes.org.br/maria-carolina-de-jesus/. Acesso em: 4 ago. 2022.

sobre um discurso que a mesma fez em uma convenção. O discurso que Sojourner Truth[19] fez foi na primeira convenção nacional pelos direitos das mulheres em Akron, Ohio, em 1851, continua sendo uma das mais citadas palavras de ordem do movimento das mulheres do século XIX. Com a sua simplicidade, Sojourner Truth apontou que ela mesma nunca havia sido ajudada, a pular poças de lama ou a subir em carruagens:

> Aqueles homens ali dizem que as mulheres precisam de ajuda para subir em carruagens, e devem ser carregadas para atravessar valas, e que merecem o melhor lugar onde quer que estejam. Ninguém jamais me ajudou a subir em carruagens, ou saltar sobre poças de lama, e nunca me ofereceram melhor lugar algum! E não sou uma mulher? Olhem para mim? Olhem para meus braços! Eu arei e plantei, e juntei a colheita nos celeiros, e homem algum poderia estar à minha frente. E não sou uma mulher?
>
> Eu poderia trabalhar tanto e comer tanto quanto qualquer homem — desde que eu tivesse oportunidades para isso — e suportar o açoite também!
>
> E não sou uma mulher? Eu pari treze filhos e vi a maioria deles ser vendida para a escravidão, e quando eu clamei com a minha dor de mãe, ninguém a não ser Jesus me ouviu! E não sou uma mulher?[20]"

Sojourner Truth foi aplaudida por mulheres negras e brancas e considerada a heroína do dia.

O mesmo aconteceu com Laura, por ter apresentado Sojourner Truth. Muitas mães não contiveram as lágrimas. Uma mulher que sofreu tanto, teve os filhos arrancados do seio e mesmo assim continuava firme, falando em nome das mulheres em uma convenção.

— Acho que vocês ficaram um pouco emocionados, né, pessoal? Não é pra menos, o discurso dela foi tocante demais, eu escolhi essas palavras, pra mostrar a vocês, que não precisam de homem nenhum para seguir

---

[19] DAVIS, Angela. **Angela Davis**: Mulheres, Raça e Classe. São Paulo: Editora Boitempo, 2016; BLOG DA BOITEMPO. **Angela Davis**: A potência de Sojourner Truth. **Portal Geledés**, 2018. Disponível em: https://www.geledes.org.br/angela-davis-potencia-de-sojourner-truth/. Acesso em: 4 ago. 2022.

[20] PINHO, Osmunho. E não sou uma mulher?. **Portal Geledés**, 2014. Disponível em: https://www.geledes.org.br/e-nao-sou-uma-mulher-sojourner-truth/. Acesso em: 4 ago. 2022.

suas vidas, denunciem os abusos que ocorrem com vocês. Eu fui vítima de abuso, esse abuso que sofri, foi de uma pessoa que eu mais amava na vida, achava que ele sentia o mesmo por mim, hoje consigo conviver com o que aconteceu, mas quando aconteceu, eu me sentia culpada, os meus amigos que nunca me abandonaram e a minha tia que fizeram eu enxergar o contrário. A culpa nunca pode ser da vítima e sim do agressor. Não pode ter "também" nenhum que justifique essas agressões covardes, precisamos combater esse inimigo que tanto mata mulheres nesse país. Infelizmente neste exato momento que estamos falando sobre esse assunto, uma mulher está sendo brutalmente assassinada em algum lugar. Não podemos mais permitir que homem nenhum queira tomar conta dos nossos corpos, dos locais que vamos trabalhar. Somos livres. Chega de cárcere privado dentro das nossas casas, chega de humilhações, vamos acordar, mulheres, vamos gritar todas juntas "viva as mulheres!".

Um sonoro "viva as mulheres" ecoou!

— Só tenho a agradecer a presença de vocês. Muito obrigado e sejam fortes, vamos lutar uma pela outra. Tem muita coisa pra acontecer, não vão embora, garanto que vocês não vão se arrepender.

— Uma salva de palmas para essa filosofa brilhante que se chama Laura, cria daqui! — disse Mauro.

Mais uma vez a plateia foi à loucura, com gritos de "Laura! Laura!".

— Bom. pessoal, esse dia vai permanecer em nossos corações por muitos anos, com tantas apresentações lindas, tanto amor envolvido no trabalho de cada um que se apresentou aqui. Vamos fazer uma pausa e logo estaremos de volta — disse Mauro.

O DJ colocou a música *Water No Get Enemy*, do Fela Kuti, pra galera conhecer e dançar.

Mauro foi pra trás do palco falar comigo, nessa mesma hora seu celular tocou.

— Alô?

— Seu comunista de merda, você vai morrer!

— Tudo bem, todos nós vamos!

— Mas seu fim está próximo!

— Pra mim não muda nada!

— Quem era, mestre? — eu perguntei.

— Ninguém, garoto, algum engraçadinho tentando me intimidar. Tom estava junto nesse momento.

— Como que é, professor? Tem pilantra ameaçando o senhor? — perguntou Tom.

— Isso é bobagem, jovem, eles querem que eu sinta medo e deixe de publicar algumas matérias sobre a quadrilha deles nos jornais!

— Vamos descobrir de onde está vindo essas ameaças, professor, pode ficar tranquilo!

— Confesso que estou ficando preocupado, mestre, com essas ameaças ao senhor — eu disse.

— Besteira, garoto, esquece isso. Quero que você me faça um favor.

— É claro, mestre, pode falar.

— Sobe nesse palco e representa o seu povo. Tenho certeza que vai dar um show — disse Mauro sorrindo e mudando de assunto.

— Estou um pouco nervoso, mas vou subir nesse palco por mim e me apresentar para o mundo!

— Perfeito, garoto. Deixa eu voltar pra anunciar você!

— Mateuzinho, sinto um orgulho da porra de você, meu mano, não só eu, a quebrada toda. Quando esse evento terminar quero dar um papo reto com você — disse Tom.

— Está certo, mano, independente das nossas vidas, sabe que gosto demais de você, esse sentimento é desde moleque! — eu disse.

— Lógico que eu sei, caralho, você é um dos únicos que gosta de mim de verdade, muitos aí só se aproximam de mim por conta do poder que eu exerço na quebrada, o dia que isso acabar, muitos que batem no meu peito dizendo que fecha comigo vai querer minha cabeça rapidão, mas nem esquenta, eu sei quem é quem.

— Você sabe que pode contar comigo, meu mano! — eu disse.

— Agora vai lá, acaba com tudo, fica tranquilo que tem soldado meu espalhado por toda parte da favela, só deixei eles escondidos pra não assustar morador. Tá ligado como é né, os fura na mão deles assusta.

— Sim, por favor, não pode assustar os moradores — eu disse e sorrimos.

— Agora vou chamar pra vocês uma pessoa que tenho muito orgulho de ser seu amigo, de fazer parte da carreira que está iniciando.

Um garoto que luta por seus ideais, não tem vergonha alguma de falar do lugar que veio, defende vocês com unhas e dentes, deixou pra lançar o primeiro livro dele justamente hoje, com vocês, inclusive vocês podem adquirir, viu? Bem nessa tenda aqui ao lado do palco. Mateus, por favor!

— Fala, pessoal, que dia maravilhoso. Quanta reflexão que fizemos com todos que passaram por aqui, nos mostrando que mesmo com todas as dificuldades podemos sonhar e acreditar nos nossos sonhos. Eu vou começar com uma frase do Malcolm X que esse cara que está ali atrás me apresentou: "por qualquer meio necessário". De início não entendi o significado, não gostava de ler, não conhecia Malcolm X, o Estado nunca me apresentou. Graças a esse homem passei a conhecer e hoje sou aficionado por leitura. A frase quer dizer justiça, liberdade e igualdade por qualquer meio necessário, temos que lutar por isso, custe o que custar. Vou recitar um poema que está no meu livro de estreia, quem não comprou ainda, corra porque está acabando. Esse poema retrata bem o dia a dia de jovens brasileiros esquecidos pelo estado:

"Marcas da Infância

Nascer negro sem pai é crescer sem respeito.
É conviver o tempo todo em meio ao preconceito.
Ser julgado pelo simples fato de morar de frente pra um beco.
Ver a sua casa sendo invadida todas as noites por homens de fardas e coturnos pretos.
Ter medo de se apresentar para uma sociedade que não tem a honra de ensinar, só de maltratar, causando graves efeitos.
Ver aos dez de idade, sua mãe sendo violentada gera revolta, isso pode não ter mais conserto.
Ligar a televisão e ver que não vão noticiar mais um grave acontecimento de pessoas que morrem no gueto.
De ver a jornalista falar que mudou a cor do seu cabelo, e o companheiro de bancada, que deixou de usar seu terno de grife preto.
Políticos são corruptos, nunca discutem leis em benefício da saúde, educação e os direitos dos menos favorecidos.

> Quem vai acreditar em mim quando eu disser que fui esquecido, por um Estado que só fala de economia, jamais sobre respeito?
>
> Hoje eu sou um perigo, querendo recuperar minha infância que furtaram lá atrás.
>
> Roubando os sonhos de todos que estão a minha frente.
>
> O governo oferece recompensa pra capturar o bandido, que ele nunca reconheceu como gente.
>
> Tudo isso prova que eu só precisava de educação, carinho e emprego.[21]"

"Esses versos que acabo de recitar para vocês é pra mostrar o quão genocida o Estado é com relação aos jovens periféricos, em sua maioria, pretos, eles não dão muitas escolhas, ouço muitas pessoas dizendo que quem vai para vida do crime é porque quer, as oportunidades são iguais para todos. Vou fazer uma pergunta pra todos que estão aqui presentes, inclusive as pessoas que se encontram em suas casas: vocês acham mesmo que se os jovens de periferia tivessem opções eles estariam correndo da polícia o tempo todo, sendo olhados com desprezo por essa sociedade perversa, puxando anos de cadeia, antecipando suas mortes por conta dessa vida do crime. Vocês acham isso? Todos que estão aqui já pararam pra pensar e se questionar por que 99% das pessoas que vivem em situação de rua são pretos? Por que 99% das pessoas que se encontram nas sinaleiras são pretos? O que eu vou dizer agora não é demérito nenhum, é emprego digno é óbvio, mas por que nos serviços de limpeza desse país a maioria são pretos? Não é diferente com a população carcerária, que é majoritariamente preta. São algumas coisas que eu cresci observando e me questionando. As respostas que sempre vieram à minha cabeça quando não tinha conhecimento era que só sabíamos fazer esse tipo de trabalho, que como já falei, mas vou repetir, não é demérito algum, mas tenho certeza, assim como eu tenho sonhos, vocês também têm os de vocês, mas essa sociedade nos condiciona a sermos submissos o tempo todo. Quando um preto alcança um cargo elevado na empresa que trabalha, muitos vêm com a falácia que existe sim a tal da meritocracia, basta querer, que as oportunidades são iguais para todos, mesmo sendo uma disputa

---

[21] ALVES, Marcel. **IBeRe TI ALA**: O começo de um sonho. 1. ed. São Paulo: Editora Independente, 2020. 25 p.

desleal. Fizeram um trabalho tão bem-feito que os próprios pretos não estão preparados para ver os irmãos vencendo. Uma coisa posso afirmar a vocês, não desistam dos seus sonhos, lutem, custe o que custar, sigam em frente, a caminhada é longa, é um caminho cheio de percalços, mas precisamos seguir na busca por nossos objetivos".

"Nos condicionam e nos julgam de ladrão, a prova real disso é: quando eu tinha 14 anos, comecei a trabalhar, tive que ir em um sábado, pra ganhar um dinheiro extra, na volta pra casa, aqui mesmo na favela, a polícia tinha entrado pra fazer uma batida, com milhares de carros. Desço no ponto de ônibus e estou subindo pra casa, quando cheguei perto da escolinha, um carro deles parou do meu lado e o papo que o seu polícia deu foi o seguinte, bem resumido:

— O seu filho da puta do caralho, fica de rolezinho aí, que vou estourar sua cara na bala!

Eu fiquei sem entender aquilo por muito tempo, só estava voltando do serviço, que era longe pra caramba daqui, em um sábado mais que cansativo e ouvir isso, de quem tem que assegurar a sua proteção, é louco. Hoje quando sou parado por policiais a afirmação que eles fazem é a seguinte: puxou cadeia onde negão? Quando respondo que nunca puxei, eles afirmam novamente que puxei sim, quase me convencendo que já puxei cadeia sim, a afirmação deles é tão incisiva que no momento que estou sendo abordado por eles, passo acreditar que já puxei mesmo. Pra eles preto favelado é bandido e pronto!".

"A nossa missão aqui nesse palco hoje é fazer vocês acreditarem nos seus sonhos, falar um pouco mais de direitos humanos, que é uma coisa totalmente contraria do que muitos na sociedade doente pensam. Eles dizem que direitos humanos é defender bandidos, pelo contrário, é dar uma vida digna a todos, viver em sociedade como igual, ter direito a no mínimo cinco ou seis refeições por dia, ser parado pelo estado sem temer por sua vida, ter um ensino digno nas escolas, onde possamos conhecer a real história dos nossos ancestrais, de toda luta deles pela liberdade, que os salários dos professores sejam tão importante quanto os dos homens do congresso, os salários dos polícias não sejam tão defasados, quando falamos em direitos humanos é isso e milhares de outras coisas, que todos tenham moradia digna, que o homossexual seja respeitado pela sua orientação, que o preto não seja mais taxado de ladrão, que a mulher seja respeitada e não violentada na escuridão. Não posso deixar de mandar um recado para os playboys, filhos de papai que vivem indo na mídia falar sobre economia, de como poupar o dinheiro, vou mandar uma ideia bem resumida pra vocês, se o meu povo poupar dinheiro como vocês gostam de explicar, com a fala doce de vocês, com gráficos na tela e tudo mais, morremos de fome, seus boys. Falar de economia quando nunca se passou fome é fácil, a realidade aqui é outra. Acordem pra vida, o papo que tenho a falar pra vocês é esse!".

Aplausos e gritos.
— A nossa luta é por dias melhores para todos, que possamos ter mais oportunidades, que sejamos respeitados sempre em qualquer circunstância, caso contrário, sempre vamos devolver o que a sociedade nos dá, aí a reflexão fica por conta de vocês.
Muitos gritos de "Mateus! Mateus!".
— Que orgulho do meu menino, gente — disse dona Maria para Laura e Luana.
— Realmente, tia, o meu vagabundo preferido deu um show! — disse Laura.
— Muito orgulho do meu poeta — disse Luana.
— Essa foi a apresentação do garoto que tenho como meu filho, fica o registro pra esses economistas metidos a sabe tudo, vocês precisam viver a realidade desse país!... Meu povo, queria fazer algumas colocações a vocês, tudo que presenciamos aqui nesse palco foi real, quero dizer que todos vocês são capazes de alcançar o que desejam, pensem bem nisso, esses quatro jovens, cria daqui, mostraram isso hoje, que sonhos são possíveis sim, eu também sou prova disso, não é diferente com os quatro que vão subir agora no palco, pra encerrar esse evento maravilhoso, eles passaram pelos mesmos questionamentos quando eram jovens, que não eram capazes pra fazer nada... Agora com vocês Edi Rock, DJ KL Jay, Mano Brow e Ice Blue.
A galera foi ao delírio com o anúncio, uma euforia sem tamanho.
Subiram ao palco e fizeram um encerramento único, não poderia ter sido melhor. Lembramos da nossa infância ouvindo as músicas deles depois da escola, treinando mortal e tentando dançar break. De fato, esses

quatro rapazes foram os nossos primeiros professores, de alguma forma são responsáveis por nós estarmos aqui hoje.

— Mestre o senhor gostou de tudo que viu nesse palco? — eu perguntei.

— Garoto, não só gostei como tenho certeza que hoje é um dos dias mais felizes da minha vida, hoje tive a certeza que as sementes estão sendo plantadas, vocês mostraram o futuro, mostraram que vão lutar pelo povo, isso me deixa tranquilo.

— Fico muito feliz que o senhor gostou, de verdade, mestre.

Nesse exato momento chegou Tom, vi que os fiel dele ficaram de longe.

— Fala, Mateuzinho, parabéns, meu mano, pela apresentação e pelo livro também, aliás, assina o meu aqui.

— Caraca, você comprou um, mano?

— É claro que comprei, e você mais que ninguém sabe que eu sempre gostei de ler, mano!

— Isso é muito bom, jovem, ler nos deixa poderosos, viajamos o mundo através de uma única leitura — disse Mauro.

— Se bem que poder pra mim aqui na quebrada não é problema, chefe, mas eu entendi o que o senhor quis dizer sim. Aproveitando que o irmão que a vida me deu e por quem eu tenho um respeito e admiração enorme que é o senhor, mesmo sem te conhecer pessoalmente, mas confio no caráter e no trampo que faz, queria dizer a vocês que de uns tempos pra cá venho pensando bastante sobre a minha vida, tá ligado? Mesmo ela sendo toda errada. Mateus, você lembra que uns dias atrás eu disse que estava pensando em largar essa vida bandida que tenho, que as leituras me proporcionam esses pensamentos? — perguntou Tom.

— Claro que lembro, meu mano, continuam vivos esses pensamentos? — eu perguntei.

— Depois de tudo que eu vi aqui, irmão, só aumentou!

— Que ótimo, garoto, realmente a arte salva, ela tem esse poder incrível — disse Mauro.

— Sim, chefe, eu quero ter esse poder, de trocar uma ideia responsa, ser respeitado pelo conteúdo que carrego na mente e não pelos furas que carrego na cintura ou nas mãos, mas também essa foi a maneira que eu consegui ser respeitado, nunca ninguém me notou como gente, a não ser a tia Maria, esse cara aqui e o Claudinho, eles sim sempre me notaram, independente da pessoa que eu me tornei. Na minha opinião não era pra ser assim. Uma coisa que o Mateus falou quando estava no palco, que foi foda, muito real, eu tiro por mim. Foi o seguinte: "sem oportunidade sempre vamos devolver o que a sociedade nos dá". A sociedade nunca me deu porra nenhuma a não ser desprezo e esculacho, aí deu no que deu, mas estou aqui dando o papo pra vocês, não quero mais isso pra mim, vou passar a quebrada para um fiel meu, tenho certeza que vai seguir tudo que eu passei pra ele, vou dar um tempo fora daqui, pra não virar queima de arquivo, porque os canas quando souberem vão querer a minha cabeça sem pensar duas vezes. Vou fazer o curso que sempre sonhei, vou virar um dos melhores advogados desse país, defender esse povo que tanto sofre na mão dos grandes — disse Tom.

— Não sabe o quanto me deixa feliz meu mano falando assim!

— Pode contar comigo em tudo que precisar, jovem — disse Mauro.

— Fico muito agradecido mesmo, chefe, sou seu fã, o corre que o senhor faz pelo povo não tem preço!

— Garotos, vou indo nessa, vou ver a minha rainha, curtir os meus pequenos.

— Tá certo, chefe, valeu pelo dia de hoje, o senhor é foda, parecia um apresentador nato de miliano — disse Tom sorrindo.

— Hoje foi puro improviso, espero que tenha ficado bom — disse Mauro.

— E como ficou, mestre! — eu disse.

— Tom, vamos comemorar tudo que aconteceu aqui hoje lá em casa, sabe como a dona Maria é, né? Preparou um monte de coisas pra gente comer. Você não quer ir pra lá?

— Eu vou sim, meu irmão, só que antes preciso resolver umas paradas com o meu fiel, que está prestes a virar dono, passo lá mais tarde. Deixa coisa pra eu comer — disse Tom sorrindo.

— Se demorar, vai acabar! — eu disse.

— Mateuzinho, vou aqui pegar umas coisas pra entregar a vocês, calma aí.

— Pegar o que mano?

— Esperai pô.

Quando ele voltou, estávamos conversando sobre o evento felizes da vida.

— Eu trouxe um livro pra cada um de vocês, espero que vocês gostem, é simples, porém de coração, espero que vocês não tenham também, pedi pra um fechamento meu ir comprar na livraria que sempre compra pra mim. Esse aqui eu trouxe para o Tiago, *Preciosa*, da autora Sapphire, deu origem ao premiado filme de Lee Daniels, com produção de Oprah Winfrey; pro Carlos eu trouxe dois, *Coltrane de Paolo Parisi* e *História Social do Jazz*, de Eric J. Hobsbawm; *Um Defeito de Cor*, da Ana Maria Gonçalves para Laura; e *Dandara: Um nome bonito*, de Jeferson Pedro, para você meu mano — disse Tom.

— Nossa, muito obrigado. Assim que eu terminar de ler, quero assistir o filme — disse Tiago.

— Eu nem acredito que vou ler a história do jazz e conhecer um pouco mais sobre meu ídolo máximo — disse Carlos.

— Muito obrigado pelo carinho, Everton. Eu ia comprar esse livro mesmo, mas agora não preciso mais — disse Laura sorrindo.

— Ô, meu mano, valeu mesmo por essa obra. Você é diferente mesmo viu, se preocupando em dar livros pra gente, demais isso!

— Que isso, hoje vocês fizeram eu perceber que realmente a arte salva. A gana de vocês em cima daquele palco fez eu perceber que temos que lutar por nossos sonhos. Mesmo que seja tarde, o importante é tentar!

— Você me deu uma alegria enorme hoje, meu mano — eu disse.

— Eu te digo o mesmo. Chega aqui, deixa eu te dar um abraço — disse Tom sorrindo.

Tom nunca tinha me dado um abraço tão forte e demorado como aquele.

— Até mais tarde... ah, deixa eu dar um aviso a vocês, ou melhor, um não, dois. Se eu souber que estão seguindo outro caminho que não seja ajudar o nosso povo os representando como fizeram hoje... e o segundo aviso, se não deixarem as coisas maravilhosas que a tia fez, vão se ver comigo.

Todos sorriram.

— Como pode uma pessoa com o coração enorme desse ir para essa vida — disse Luana.

— O Tom sofreu demais, como ele me disse há pouco, só devolveu pra sociedade tudo que ela lhe deu, meu amor — eu disse.

— E quantos mais não tiveram oportunidades e acabaram indo para essa vida de crimes? — perguntou Luana.

— Essa pergunta não é difícil de responder, Luana, muitos jovens com capacidade enorme de liderança veem no crime a saída para o poder. Só depende do Estado fornecer educação digna pra todos — disse Laura.

— Quando as nossas crianças deixarem de ir pra escola só pra comer, vai ser um passo importante para começarmos responder a sua pergunta também — disse Carlos.

— Vamos pra casa, se não a dona Maria já, já vem atrás da gente — eu disse.

— Vamos, estou morrendo de fome — disse Carlos.

— Novidade você com fome, né, Carlos? — perguntou Tiago.

— Eu quase não sinto fome, mano!

— Aí você apelou, Carlos — eu disse, e todos nós caímos nas gargalhadas.

CAPÍTULO 23

— Sem dó, vamos resolver uma parada com os canas lá na rua do campinho!

— Vamos sim, meu patrão!

— Como eles garantiram que não teria esculacho no evento e cumpriram, vamos levar a grana e mandar o papo que é você que vai ficar no comando agora.

— Vamos sim patrão, se eles vacilar nóis mete chumbo neles.

— Não pode agir na emoção Sem Dó, precisa agir com cautela, com sabedoria pra não perder a mão da quebrada, principalmente com os moradores, fazer como eu te ensinei — disse Tom.

— Eu sei, patrão, eu sou pelo certo, assim como o senhor, mais nunca achei certo ficar dando dinheiro pra esses caras, entendeu? por mim era sem ideia.

— Não pode pensar assim, meu fiel, porque alguém vai pagar o preço, sabemos que quem vai tomar esculacho são os moradores, e eles não tem nada a ver com essa guerra — disse Tom.

— Sim, o senhor tá certo, vou fazer do jeito que me ensinou!

— Fala, seus vagabundos, trouxeram o que é nosso? — perguntou o policial.

— Vocês estão equivocados falando dessa maneira, se somos vagabundos imaginem o que vocês são? — disse Tom.

— Tá chamando a gente do que, filho da puta?

— Aí quem vai decidir é você, chefia, você está muito nervoso xingando aí — disse Tom.

— Ô, seu moleque, quem você pensa que é pra falar assim com autoridade, vou te mostrar uma coisa — disse o policial.

— Se encostar a mão na arma vocês dois vão ficar por aqui mesmo, chefia, estão querendo se crescer pra cima da gente sem motivo nenhum — disse Sem Dó — é com vocês mesmo!

— Se acontecer alguma coisa com a gente, amanhã mesmo vocês estão mortos e essa favela cheia de polícia.

— Pode crê, mas isso vai depender de vocês, eu que vou ficar com a área agora, vocês que sabem, o dinheiro vai continuar chegando nas mãos de todos os envolvidos, mas se ameaçar, vou botar pra cima sem dó, não é à toa que esse é meu nome!

— Como que é as ideias? Tá saindo fora, maluco? — perguntou o policial furioso.

— Estou sim, meu chefia, sempre cumpri com os arregos em ordem, não quero mais essa vida pra mim, fica a pampa que vou tocar minha vida longe daqui, com a minha mulher e minha filha — disse Tom.

— É isso mesmo que você vai fazer, maluco?

— Você é surdo, meu senhor? Meu patrão já deu o papo, é isso e pronto — disse Sem Dó.

— Tá certo então, boa sorte na sua vida nova, vagabundo. Daqui dez dias a gente passa pra pegar a boa com você, o novo dono!

— Pode me chamar de Sem Dó, meu senhor!

— Vamos nessa então — disse o policial.

— Patrão, vai ser foda aguentar esses caras de verdade — disse Sem Dó.

— Precisa ser inteligente, Sem dó — disse Tom.

— Sim, meu patrão, acabei de ser, porque a minha vontade era passar os dois agora.

— Eu percebi, pô. Ainda bem que eu estava aqui — disse Tom sorrindo.

Vou passar na casa da tia Maria, prometi pra eles que ia até lá.

— Tá certo, chefe, aqueles quatro são responsa, não tem vergonha de mostrar de onde são!

— São responsa demais! — disse Tom.

— Já é, meu patrão, vai com Deus!

— Fica com ele também!

No caminho até a minha casa, Tom ouviu um "e aí, maluco", quando olhou eram os policiais que estavam com eles há poucos minutos.

— Ou tá no esquema ou já era vagabundo! — disse um dos policiais.

Tom tentou correr, foi em vão, foram mais de trinta tiros pra cima dele na rua da minha casa. Quando ouvi os tiros, a primeira pessoa que me veio à cabeça foi ele. Saí correndo pra fora, todos tentaram me segurar, ele estava caído no chão todo ensanguentado, sem vida, não deu tempo de fazer nada.

— Isso não pode estar acontecendo, logo agora que ele ia começar uma nova vida. — Me afastei do corpo, peguei o celular e liguei para o Mauro.

— Alô, mestre?

— Fala, garoto. Está tudo bem com você?

— Bem não tá, mestre, acabaram de matar o Tom.

— Que merda, garoto, estou indo pra aí agora mesmo!

— Não precisa, mestre, fica em casa com a Bete e as crianças!

— Tudo bem então!

— Logo agora que ele ia começar do zero. Ele falou que ia resolver uma parada e vinha pra casa. Foi na rua de casa que fizeram isso com ele.

— Infelizmente virou queima de arquivo, garoto. Quando falou que estava saindo do movimento, não aceitaram e fizeram isso.

— Desculpa te ligar essa hora, mestre.

— Que isso, garoto, sabe que se precisar pode me ligar a hora que quiser.

— Até mais, mestre, axé!

— Até, garoto, axé!

CAPÍTULO 24

— Meus parabéns, Rocha, ótimo trabalho que seus homens fizeram na noite passada, acabaram com aquele bandido metido a besta, um bandido a menos — disse Paulo.

— Sim, como a gente sempre diz: "bandido bom é bandido morto", agora podemos começar dar andamento na construção do templo — disse Rocha.

— Vou ligar para o meu pai, passar essa ótima notícia a ele — disse Fernando.

— Onde seu pai está, Fernando? — perguntou Rocha.

— Ele foi resolver alguns negócios na Europa: Espanha, França e por último Suíça, volta no mês que vem!

— Então não vamos poder dar início a obra? — perguntou Paulo.

— Fica tranquilo, Paulo, está tudo pronto pra começar, meu pai deixou tudo nas mãos do Lucas, secretário dele, homem de confiança, só você falar quando quer começar e pronto — disse Fernando.

— Vamos começar o quanto antes. É muito importante essa obra. Quando este templo estiver pronto, vai nos render bons frutos, afinal de contas, essa favela é gigantesca, não tem um templo como os nossos por lá — disse Paulo.

— Mas tem aquele terreiro de macumba lá na rua sete, meu caro Paulo — disse Rocha.

— Isso é de menos, com o nosso templo pronto rápido colocamos aquilo abaixo, você vai ver, só precisa se certificar se vai ficar alguém no lugar do vagabundo que está no inferno a essa hora!

— Quanto a isso fica tranquilo, já obtive informações suficiente, é um desses moleques emocionados, age por impulso, não é frio e calculista como o outro, esses a gente pega rápido — disse Rocha sorrindo.

— Assim espero, precisamos muito desse templo! — afirmou Paulo.

CAPÍTULO 25

Chegou o dia da viagem de Carlos e Tiago. Depois do show que o Carlos deu no *A Arte Salva*, dois empresários anônimos entraram em contato com a emissora que transmitiu o evento, falando que iam bancar a estadia dele durante os dois anos que ia passar por lá estudando, pra ele só ter a preocupação de focar nos estudos.

Como sempre Mauro foi nos levar até o aeroporto!

— Gente, confesso a vocês que estou com um medo enorme, é tudo muito novo pra mim — disse Carlos.

— Eu sei bem o que você está sentindo, senti a mesma coisa quando fui embora, mas fica tranquilo, vai dar tudo certo, você só está indo atrás do seu sonho, ficar melhor do que já é. Entendeu? — disse Laura.

— Sim, estou indo atrás do meu sonho, por mim, é claro, e pelo meu povo. Sei que vou ser exemplo pra muitos moleques da quebrada! — disse Carlos.

— Assim que se fala, garoto! — disse Mauro.

— Já aproveita pra ler os livros que o Tom lhe deu de presente, né, Carlos? — eu perguntei.

— Sim, Mateus, esses livros vão me ajudar muito. Uma pena que ele não está mais conosco, ele deu aqueles livros pra gente numa alegria tão grande aquela noite.

— Desde criança o Tom sempre gostou de ler, era uns dos garotos mais inteligentes da sala, sempre me ensinava as lições, mas enfim, que esteja em paz — eu disse.

— Olha, vou falar uma coisa pra vocês, sou muito grato ao Tom pelo resto da minha vida, se não fosse ele apavorar o canalha do meu ex-padrasto aquele dia, acho que eu nem estaria indo viajar neste exato momento, não ia ter coragem de deixar a minha mãe sozinha com ele.

Depois daquele dia, passado alguns meses, ela colocou ele pra fora de casa. Ele voltou pra terra natal dele, minha tia, irmã da minha mãe, veio morar com a gente, isso é o que me deixa mais tranquilo ainda — disse Tiago.

— Por isso que eu não pensei duas vezes em ir falar com ele aquele dia, sabia que o Tom ia colocar aquele valentão no lugar dele — eu disse.

Chegamos no aeroporto, nos despedimos aos prantos, mas era de alegria, de realização.

— O Tiago está tranquilo, quando ele chegar no aeroporto de Paris, o Pierre vai tá esperando por ele, olha o tamanho do sorriso que ele abre quando a gente fala no nome do Pierre — eu disse.

— Lógico, estou morrendo de saudades — disse Tiago sorrindo.

— Só quero que você seja feliz, meu mano. Vai com Deus — eu disse.

— Que Deus os protejam, manda mensagem assim que chegarem nos seus destinos — disse Laura.

— Vão com Deus e que os Orixás os protejam — eu disse.

Cada um foi para o seu portão de embarque.

Na volta pra casa, Mauro e eu fomos deixar Laura na vila e resolvemos dar uma volta pra conversar sobre vários assuntos, como gostávamos de fazer.

— Estou felizão, mestre, vendeu todos os livros no evento. A Bianca disse que vamos rodar o Brasil agora.

— Que coisa mais linda, garoto, tá vendo só, você acreditou no seu sonho, enxergou além, olha o resultado aí!

— O senhor me ajudou demais mestre, me mostrou o caminho. Sem a sua ajuda, não teria conseguido nada!

— Só mostrei o caminho, quem trilhou foi você, garoto!

— Lembro que o senhor me disse uma vez que, quando começa a escrever, não para mais. Já comecei escrever algumas coisas novas.

— Falei pra você, estou com alguns projetos também, comecei escrever um livro que fala sobre essa sociedade em que vivemos cheia de ódio ao próximo, mas como os mesmos dizem, em nome do criador.

— Não consigo entender isso, matar e desejar o mal às pessoas em nome de Deus, quando na verdade, mestre, só precisamos respeitar o próximo em todos os aspectos, religião, orientação sexual e tantas outras coisas. Na rua de casa tem um pastor chamado Silvio, gosto muito de conversar com ele, aprendo bastante com os seus ensinamentos, ele fala que aprende comigo também, é uma troca maravilhosa. Todas as vezes que nos encontramos, indicamos livros um ao outro, da última vez que nos falamos ele disse pra eu ler *O Amor Como Revolução*, do pastor Henrique Vieira, e eu indiquei aquele do Nei Lopes que o senhor me apresentou, *Oiobemé: A epopeia de uma nação*.

— Este livro é sensacional, garoto, ótima indicação fez a ele! Tá vendo como eu acredito nas pessoas. Com respeito se consegue dialogar numa boa. Mesmo sendo tão difícil e distante isso acontecer, eu acredito na humanidade garoto!

— Às vezes eu acredito também, mestre, mas ao mesmo tempo acontecem várias coisas que fico achando que é uma luta em vão, como se fosse enxugar gelo, sabe? mas a minha luta não vai parar por isso.

— Assim que se fala, garoto, mas eu sei que não é fácil, a gente, que luta por dias melhores, pede igualdade para o nosso povo, denuncia as corrupções, convive com a morte do nosso lado o tempo todo, exemplo disso é aquela vereadora Marielle, que foi morta faz mais de dois anos e não solucionam o caso dela.

— Como pode, mestre, levarem tanto tempo assim para achar os culpados?

— Isso é fácil responder, garoto, tem peixe graúdo por trás da morte dela. Ela não tinha medo, denunciava mesmo as injustiças!

— Tem muita coisa envolvida, né, mestre? Aí fica mais fácil tapar os olhos para as coisas que estão na visão de todos os responsáveis por investigar esses casos.

— Não vou falar pra você que não penso, penso sim, a qualquer momento pode acontecer com a gente que escolheu essa vida. Falamos de coisas que muitos têm medo de se pronunciar. Temo pela minha família, se me acontecer algo o que será das crianças? Sei que a Bete é uma guerreira, vai criar as crianças perfeitamente, ela sabe que a qualquer momento eles podem fazer alguma coisa comigo, ela não demonstra esse medo pra mim, acho que pra me deixar confortável de alguma maneira, e eu a entendo.

— Mas não vai acontecer nada com o senhor, mestre, já te falei isso.

— Garoto, lembra daquele material com os áudios falando da morte do Claudinho?

— Lógico que lembro, mestre, o que o senhor vai fazer com eles?

— Vai ser a minha próxima matéria no jornal!

— Confesso que isso me deixa preocupado, mestre!

— Preciso mostrar pra sociedade quem são esses canalhas, garoto, só quero justiça por todo mal que eles causaram, como a morte do Claudinho, a expulsão de famílias ribeirinhas, depois a morte de alguns chefes de família que se recusaram deixar suas casas para construção de uma usina, que até hoje não terminaram as obras e não vão terminar tão cedo, muito desvio de dinheiro nesta usina!

— Semana que vem essa matéria está nas ruas, mestre?

— Sim, garoto, semana que vem esse império começa a ruir!

— Que notícia maravilhosa, mestre, preciso ir até à livraria, vou acertar as minhas contas!

— É sério, garoto? — perguntou Mauro.

— Sim, mestre, estou decidido, vou viver da minha arte, viajar palestrando, mostrando pra esses jovens que podemos ser quem queremos ser — eu disse.

— Eita, que até arrepiou agora vendo meu garoto falar assim.

— Culpa do senhor — eu disse sorrindo — já aproveitamos pra dar um beijo na Luana.

— Tá certo, preciso pegar um livro na universidade também, mas vamos primeiro na livraria.

Quando estávamos atravessando a rua pra chegarmos na livraria, sorrindo, pois como sempre as nossas conversas eram divertidas, só ouvi o barulho de um carro cantando pneu e vindo na nossa direção, a velocidade estava muito alta. Mauro me deu um empurrão tão violento que voei longe. O carro em alta velocidade pegou em cheio o Mauro, uma Mercedes-Benz SLR McLaren 722 S, que o jogou a alguns metros de distância.

Me levantei e sai correndo na direção dele gritando, "mestre! Mestre!". Quando cheguei perto, ele estava desacordado com muito sangue, não mexi em nada em seu corpo, apenas senti a pulsação e pra minha alegria estava pulsando. As pessoas começaram a chamar o resgaste. Quando coloquei a mão no bolso, meu celular não estava no meu bolso devido ao empurrão.

A batida foi tão forte que o carro não saia do lugar. Vinha passando uma moça que era enfermeira e prestou os primeiros socorros.

Eu não pensei em outra coisa a não ser ir até o carro e tirar o motorista de dentro. Para minha surpresa de momento era o playboy do Fernando.

A minha raiva só aumentou, tirei ele do carro na base de pancadas. Nesse mesmo momento a polícia chegou e me tirou de cima dele, que me olhava com sarcasmo.

— Está surpreso, seu pé rapado, você deu sorte que o seu amiguinho te salvou. Em uma paulada só ia pegar os dois ratos — disse Fernando.

— Toma outra porrada, seu vagabundo!

— Cidadão, se você agredir novamente esse senhor, vou te dar voz de prisão agora mesmo — disse o policial.

— Não é a mim que você tem que falar isso, e sim para esse assassino que tentou matar eu e esse senhor, como você está vendo caído no chão — eu disse.

— Abaixa sua bola, rapaz, olha o desacato. Esse senhor vai ser conduzido até o DP para averiguação — disse o policial.

— Ele tem que ir direto para o presídio, ele é assassino, assim como o pai dele!

Ambulância chegou, fui com o Mauro para o hospital. Quando chegamos, liguei pra Bete.

— Alô, Bete?

— Oi, Mateus, aconteceu alguma coisa com o Mauro?

— O Mauro foi atropelado!

— Como isso aconteceu? Como ele está?

— Eu sei que é difícil pedir calma neste momento, mas tenta manter calma.

— Em qual hospital vocês estão?

— No Central Hospital!

— Estou indo pra aí agora mesmo!

Quando Bete chegou, eu estava no saguão do hospital mais que apreensivo, esperando por notícias.

— Mateus, cadê o Mauro?

— Ele entrou no centro cirúrgico, Bete, não tenho notícias ainda, pediram pra aguardar que a qualquer momento eles vem falar com a gente — eu disse.

— Não mente pra mim, Mateus. O Mauro foi atropelado ou baleado?

— Foi atropelado mesmo, Bete!

— Acidente ou proposital?

— Infelizmente foi proposital, foi um dos canalhas dono da FF Construção!

— Foi o Flavio?

— Não, Bete, o filho dele, Fernando!

— Ele fugiu, Mateus?

— Nunca que eu ia deixar aquele vagabundo fugir, a polícia o levou para o DP! Nesse momento devemos esquecer esse ladrão, vamos nos concentrar nas orações para o Mauro sair bem dessa, sei que todos estão orando neste momento por ele!

— Sim, Mateus, você está certo, vamos orar para o nosso Mauro sair dessa mais forte do que nunca.

Veio um médico em nossa direção dar notícias sobre o quadro clínico do Mauro.

— Olá boa tarde, meu nome é Gabriel, faço parte da equipe médica que está cuidando do paciente Mauro.

— Como ele está, doutor? Sou esposa dele!

— Após exame de tomografia computadorizada do crânio, foi confirmado um trauma, ele foi encaminhado à Unidade de Terapia Intensiva (UTI) neurológica. Houve um aumento significativo da pressão intracraniana.

— Como assim, doutor?

— Isso acontece quando o paciente tem um sangramento. Vamos realizar uma drenagem cirúrgica para retirada de hematomas e para reparação dos vasos sanguíneos — disse o médico.

— Ele corre risco de vida, Gabriel? — eu perguntei.

— Sim, pessoal, o estado dele é grave. Vamos avaliar nas próximas horas pra ver como ele reage.

Não mostrei minha preocupação pra Bete, mas no meu coração senti que o Mauro não ia sair dessa, mas não perdi a minha fé.

— Ele vai sair dessa, Bete, ele é guerreiro, filho de Ogum vencedor de demandas — eu disse.

— Vai sim filho, com fé em Deus! Meu filho, vai pra casa descansar, você está muito tempo aqui!

— Não posso deixar você aqui sozinha, o meu mestre não vai gostar de saber que fiz isso.

— Você está precisando de um banho e descansar um pouco, pode deixar que assim que o seu mestre acordar eu falo que você ficou o tempo todo do meu lado.

Toda lágrima que estava presa em mim, saiu quando comecei conversar com a Bete.

— Ele salvou a minha vida, Bete, me deu um empurrão tão forte que eu nunca imaginei que ele tinha aquela força — eu disse aos prantos.

— Esse homem te ama, Mateus, como um pai ama um filho!

— Eu também amo muito esse homem, ele me deu vida novamente!

— Eu acho linda a relação de vocês, mas agora você precisa se cuidar, vai pra casa que qualquer notícia eu te ligo — disse Bete.

Meu telefone tocou, era Luana.

— Alô, Mateus.

— Oi, Luana!

— Eu e a Laura estamos indo para o hospital encontrar com você.

— Não precisa, me espera em casa, estou saindo daqui agora!

— Como ele está?

Me afastei da Bete e respondi:

— Não está nada bem, meu amor!

— Sinto muito por tudo isso.

— Logo estou chegando em casa!

— Até logo, meu bem. Beijos.

— Até. Beijos.

Me despedi da Bete e pedi pra ela não me deixar sem notícias. Fui pra casa com uma angústia enorme no peito, temendo o pior.

— Ô, velho. Como você está? — perguntou Laura.

— Estou só o bagaço. Isso não podia ter acontecido com o Mauro!

— Como isso aconteceu, meu amor? — perguntou Luana.

— Aquele vagabundo ia atropelar nós dois de uma vez só. Mauro percebeu o carro vindo em nossa direção e me jogou longe com um empurrão, o carro o pegou em cheio.

— Meu Deus, filho, como existe gente perversa nesse mundo — disse minha mãe.

— Vou tomar um banho, gente, estou exausto!

— Vá, meu filho, vou preparar alguma coisa pra você comer!

— Estou sem fome, minha mãe!

— Mas você precisa comer, Mateus, ao menos alguma coisa.

— Tudo bem, vou tomar um banho primeiro.

CAPÍTULO 26

Quando Paulo ficou sabendo do atropelamento, não escondeu a sua felicidade. Não pensou duas vezes em ligar para Flávio que estava na França.

— Alô, Flávio.

— Fala, meu amigo e sócio. Como andam os nossos negócios?

— Melhor impossível!

— Como assim? Está acontecendo alguma coisa que eu não estou sabendo ainda?

— Sim, meu caro amigo, acho que você vai ficar tão feliz como eu estou neste momento.

— Então conta logo. O que está acontecendo?

— Aquele comunista de merda foi atropelado, está muito mal no hospital, acho que dessa ele não sai.

— Veja só, que notícia maravilhosa. Quem foi o autor dessa obra de arte pra eu dar os parabéns, algum homem do Rocha?

— Nada disso, foi o Fernando, seu filho!

— Caramba, que coisa linda, por essa eu não esperava. Essa era a coisa que ele sempre falava que eu ia me orgulhar dele?

— Provavelmente sim. Da forma que foi ele já estava planejando a um tempo!

— Mas ele está bem, se machucou?

— Ele está bem sim, não aconteceu nada com ele, só está no DP, né, mas os advogados já estão trabalhando pra tirar ele de lá o quanto antes. No mais tardar em dois dias ele está livre disso, digo, em liberdade. Os seus advogados são competentes.

— Disso eu tenho certeza, vamos preparar o valor da fiança, mas esse vai ser o dinheiro que vou perder com gosto, que orgulho desse moleque, me surpreendeu de verdade, deu um jeito naquele comunista de merda!

— Detalhe, ele ia atropelar o aprendiz dele também, só que o comunista empurrou o moleque longe.

— Qualquer notícia nova você me deixa informado, vou entrar em contato com os meus advogados pra saber como andam as coisas. Mas será que esse comunista não vai escapar dessa?

— As informações que temos é que ele está muito mal, difícil de sair dessa com vida!

— Assim espero, viu? Porque se ele sair bem dessa, vai vir com tudo pra cima de nós.

CAPÍTULO 27

Na audiência de custódia, o juiz alegou ilegalidade na prisão do réu, disse que em nenhum momento Fernando se omitiu em socorrer a vítima e mesmo se negasse socorro estaria preservando sua própria vida. No momento do caso em questão ele corria sérios riscos de ser linchado no local, irá aguardar o julgamento em casa.

Mauro estava em coma após uma semana do acidente, eu ia no hospital todos os dias acompanhar se ele tinha alguma melhora, mas o quadro era o mesmo. Minha maior vontade era fazer justiça com as próprias mãos, pegar aquele vagabundo, bater nele e só parar quando ele ficasse no mesmo estado que o Mauro se encontrava, mas graças ao sagrado ouvia uma voz sempre quando estava com esses pensamentos, me falando que não cabia a mim fazer justiça com as próprias mãos. Eu entendia perfeitamente, mas precisava fazer justiça.

No hospital meu celular tocou, era um número que não estava na agenda, não fazia ideia de quem poderia ser.

— Alô, bom dia!

— Alô, quem fala?

— É o Valdir, diretor do Juntos Venceremos. Estive no hospital ontem visitando o Mauro, conversando com a Bete, ela me falou da relação de vocês dois.

— Oi, seu Valdir, sim, eu e o Mauro somos muito próximos, tudo que eu sei foi ele quem me ensinou!

— Sim, Mateus, inclusive ele me presenteou com um livro seu, parabéns, você tem um futuro brilhante pela frente, acho que certa vez te vi na redação com ele já.

— Muito obrigado, fico feliz que tenha gostado do livro. Isso mesmo já fui até a redação com ele.

— Na verdade te liguei pra te fazer um convite, quero saber se você aceita escrever no lugar do Mauro na coluna dele essa semana, sei que está super em cima e também vou entender se a sua resposta for não.

Me veio na cabeça tudo que eu e o mestre havia conversado, contar mais crimes daquela família, o material que ele falou pra mim que ia publicar, tinha me mostrado dias atrás, não pensei duas vezes.

— Aceito sim, mas tem alguma matéria que você queira que eu publique?

— Sempre demos livre acesso para o Mauro publicar o que ele quisesse, só presamos pela verdade dos fatos, isso tenho certeza que ele sempre executou com êxito.

— Também não tenho dúvidas disso, semana passada ele me disse qual seria a matéria que ia publicar, se o senhor permitir, eu posso dar andamento — eu disse.

— Mas tem um problema, ele nunca deixou material nenhum na redação, sempre falou que era pra nossa segurança.

— Eu tenho acesso a todo material, ele me pediu pra ser o responsável se acontecesse alguma coisa com ele.

— Tudo bem então, pode ficar à vontade pra publicar o que ele ia fazer — disse Valdir.

— Pode deixar, farei isso com o maior prazer. Muito obrigado pela confiança.

— Sei que vai fazer o que seu mestre faria!

Fui até o hospital e conversei com a Bete sobre o convite, ela ficou feliz, mas ao mesmo tempo temerosa por mim.

— Tem certeza que você quer isso pra você, filho? — perguntou Bete.

— Certeza absoluta, Bete, essa é a minha missão!

— Então faça o que você tem que fazer, tenho certeza que o seu mestre está muito orgulhoso de você!

— Só preciso ir até a casa de vocês pegar o material que ele ia publicar na coluna dele.

— Claro, vou com você, aproveito e tomo um banho. Todos esses dias tomando banho no hospital, nada melhor do que fazer isso na nossa própria casa!

O dia da publicação da matéria chegou, deixei bem claro que não estava querendo tomar o lugar do Mauro, até porque isso era impossível, como todos sabem ele sofreu um atentado, foi atropelado por um dos donos da FF Construtora, e se encontrava em coma há uma semana, vou publicar a mesma matéria que ele deixou separado, só vou dar continuidade no trabalho dele, a matéria começou da seguinte maneira:

"Como todos sabem, o Mauro vem prestando um serviço maravilhoso para a sociedade, denunciando crimes de algumas pessoas, inclusive do homem que o atropelou semana passada, cujo nome é Fernando. A intenção dele era atropelar nós dois, mas Mauro, com a sua grandeza, me empurrou e salvou minha vida.

Há um tempo aconteceu o assassinato de uma pessoa muito querida e guerreira na favela onde eu moro, o nome dele era Claudio dos Santos, mais conhecido como Claudinho, ele foi participar de um reunião com empresários, para levantar fundos pra ajudar as crianças lá do meu bairro, mas misteriosamente chegou dois homens encapuzados, levaram o relógio e a corrente e deram muitos tiros, pra dizer que foi um roubo seguido de morte, mas quantidade de tiros deixou suspeitas, as câmeras do local estavam todas desligadas. Esse crime foi a mando de duas pessoas que em uma conversa confessaram e relataram os fatos. Sabemos que a forma que foi gravada essa conversa foi ilegal, mas revela muitas coisas maiores do que essa ilegalidade. Nessa gravação Paulo dá os parabéns a Flávio por ter mandado executar o líder comunitário, porque ele tinha um poder de persuasão grande na favela. O plano deles sempre foi construir um templo lá, e Claudinho era contra a maneira como eles abusam da fé das pessoas, jamais aceitaria que fosse construído para esses meios, então eles resolveram tirar ele do caminho.

No áudio, como sempre, Flávio se gaba e fala, 'é isso que acontece com quem se atreve a cruzar o nosso caminho, igual aqueles quatro que moravam na beira do rio, quando ganhamos a licitação para construir a usina, conversamos numa boa com eles, oferecemos casa e tudo mais, não quiseram, preferiram baderna e medir forças com a gente, sinto muito', fala no áudio dando gargalhadas junto com Paulo.

E mais, em relação a esse crime contra a minha vida e a do Mauro, que está em coma, espero que as autoridades façam justiça colocando todos esses mafiosos na cadeia, eles são organizados e perigosos. Com essa matéria temos conteúdo mais que suficiente pra eles irem parar atrás das grades".

A matéria foi para o ar, teve uma imensa repercussão, esperávamos exatamente isso, meu telefone não parava de tocar, as pessoas dando os parabéns, pedindo por justiça. Saí da redação e fui direto para o hospital visitar o mestre, Laura foi comigo.

— Oi, Bete. Tudo bem? Como ele está? — eu perguntei.

— Está na mesma, Mateus. Liguei a televisão no jornal na hora que você estava falando, ele estava escutando tudo. Parabéns pela matéria.

— Essa é a Laura, minha amiga!

— Prazer, Bete! — disse Laura.

— O prazer é todo meu!

— Você fez isso, colocou na matéria pra ele ouvir, deve estar orgulhoso de mim.

— Disso eu tenho certeza!

— Vou até o quarto ficar um pouco com ele. Está bom?

— Claro, ele vai adorar a sua companhia — disse Bete.

— Sei que o senhor está me ouvindo, fiz do jeito que o senhor sempre fez, denunciei os crimes daqueles vagabundos, nem fiquei com vergonha diante das câmeras. Agora aqui, pra nós, tá mais que na hora de levantar dessa cama e ir trabalhar, né, meu senhor? Estou feliz que eu consegui desempenhar esse papel, mesmo não sendo profissional da área. Obrigado por tudo, sem o senhor nada disso seria possível.

Quando falei isso ele respirou bem profundo e demorado. De repente um barulho de aparelho entrou nos meus ouvidos. Bete estava entrando nessa hora no quarto.

— Ele só estava esperando você chegar para fazer a passagem dele, Mateus — disse Bete.

— Ele não pode deixar a gente — eu disse aos prantos para Bete, que me abraçou serena.

— Mateus, ele vai estar sempre presente entre nós. Esse homem fez o que ele mais amou na vida, morreu lutando pelo povo dele, estava muito feliz com tudo que vinha fazendo, sabia que plantou a semente aí no seu coração, ele deixa a luta dele em boas mãos. Ele estava muito cansado mentalmente, eu ficava muito preocupada, porque eu sentia que a qualquer momento eu podia perder ele, mas sempre respeitei o trabalho dele, era o que ele amava — disse Bete.

— Eu prometo, mestre, que vou continuar com a nossa luta, a sua luta!

CAPÍTULO 28

Logo a notícia da morte de Mauro foi anunciada por todo país, por meio dos veículos de comunicação:

"Morre o grande ativista social Mauro Pires, vítima de um atropelamento criminoso cometido por Fernando, um dos donos da FF Construtora, que pagou fiança e foi liberado".

Flávio estava muito contente, com a morte de Mauro, afinal, tinha se livrado de uma pedra no caminho. Resolveu ligar para o filho:
— Alô, Fernando?
— Fala, pai?
— Preciso confessar a você que hoje é um dos dias mais felizes da minha vida, muito orgulho de você, meu filho, você tirou aquele comunista de merda do nosso caminho, um preto a menos pra nos encher o saco.
— Eu falei que o senhor ia se orgulhar de mim ainda, pai!
— Realmente, filho, o pai está muito orgulhoso de você!
— Agora vamos esperar o julgamento e ver o que vai acontecer. Às vezes eu temo um pouco pela minha liberdade. Será que eu vou ser condenado, pai?
— Fica tranquilo, filho, conheço e já fiz muitos favores para umas pessoas do judiciário, só vou pedir para os nossos advogados analisar com quem vai ficar o seu caso, e já sabe né, temos dinheiro.
— Então eu fico mais tranquilo, pai. Quanto à minha liberdade, estou achando que esses vagabundos, arruaceiros, vão começar fazer protestos pela cidade. Já reforcei a segurança da mansão pra ninguém chegar perto.

— Fez bem, meu filho, o pai vai demorar um pouco, ainda mais com essas acusações que esse moleque fez, todas com provas, com a minha voz e tudo mais, tem um traidor entre a gente, preciso esperar a poeira baixar pra voltar para o Brasil, isso pode levar tempo. Também acho que vai ter manifestações, esse povo adora uma muvuca, um bando de desocupado. Avisa o Paulo que todos os nossos advogados estão à disposição dele, logo vão convocar ele pra prestar depoimento sobre esse caso, não vou ligar que vão grampear os nossos telefones.

— Tudo bem, pai, fica aí o tempo que for necessário.

— Se cuida, meu filho, fica tranquilo que nada vai acontecer com você!

— Sim pai, estou tranquilo, fica bem!

CAPÍTULO 29

— Laura, preciso de um favor seu!

— Claro, Mateus. Pode falar.

— Preciso que você e a Luana façam divulgação nas redes sociais convocando as pessoas para uma manifestação até o Palácio do Governador. Precisamos sacudir essa cidade em busca de justiça. Quero que todos os jovens estejam presentes. Só não vou fazer isso com vocês porque quero acompanhar a Bete com a burocracia dos papéis. Assim que acabar o funeral do Mauro subimos pelas ruas até chegar no palácio.

— Sim, Mateus, assim que eu chegar na vila faço isso com a Luana, ela está na sua casa, fazemos isso por lá!

— Por favor, vamos mostrar a eles o quanto somos fortes juntos, vamos colocar esses assassinos na cadeia em memória do meu mestre. O Mauro fazia muitas palestras nas escolas públicas, tenho certeza que plantou várias sementes, como ele mesmo dizia.

Laura e Luana fizeram um ótimo trabalho, a hashtag #porjustica entrou entre o mais comentados das redes sociais. Valdir, diretor do jornal, divulgou a manifestação, ouve uma comoção geral, afinal, Mauro era muito querido pelo povo.

Quando cheguei na vila pra tomar um banho, encontrei com Sem Dó.

— Fala, Mateus, sinto muito pelo que aconteceu com o coroa lá, ele era sangue bom de verdade, vim aqui falar pra você que eu aluguei uns ônibus pro pessoal ir para o funeral dele, fiquei sabendo que vai ter uma manifestação depois também.

— Ô, Sem Dó, fico muito agradecido mesmo, de coração. Esses dias não estão sendo fáceis pra mim, perdi duas pessoas queridas brutalmente, primeiro o Tom, agora o Mauro, tá foda de verdade, mas tenho que continuar a luta.

— Nem me fala, Mateus, a morte do patrão não sai da minha cabeça, pegaram ele na pilantragem, ele sempre falou que era sujo com isso mano, patrão sempre foi justo, ouvia os dois lados de igual, tá ligado? — disse Sem Dó.

— Tom sempre foi assim desde criança na escola, era justo com todo mundo, sem pilantragem.

— Pode crê, mano, mas vou adiantar o papo pra você, isso não vai ficar assim, hoje é dia do arrego, sempre é os mesmos que vêm, vou passar os dois sem dó, vou fazer jus ao meu nome.

— Cuidado, Sem Dó, esses caras sabem onde pisam!

— Tranquilão, Mateus. Você é da hora, mano, tenho certeza que vai fazer muito pelo nosso povo, fica bem aí, mano. Leva as minhas condolências pra família do falecido — disse Sem Dó.

— Claro que levo, toma cuidado aí pra não tomar nenhuma decisão precipitada.

— Caraca, mano, tu falou igual o patrão agora. Pode ficar de boa, vou agir na maior transparência com eles mano — disse Sem Dó com certo tom irônico.

Sem Dó subiu na direção da rua do campinho. Quando passou pela viela seis, mais de 15 moleques com mochilas nas costas e fuzil nas mãos o acompanharam. Quando chegou no local de sempre do arrego, tinham dois polícias diferentes.

— Fala, ladrão. Trouxe a boa pra nós?

— Claro que trouxe, chefe, como combinado. Se bem que o combinado pra vocês não faz muito sentindo, né, chefe?

— Não estou entendo o que está querendo dizer, ladrão.

— Lógico que você tá, chefe, você não é bobo, há uns dias atrás vocês mataram o nosso patrão daquele jeito!

— Aqueles dois emocionados não fazem parte do nosso esquema mais, xeque mate pra eles, ladrão, assim como pra vocês. Perdeu, perdeu ladrão!

Quando ele falou isso, apareceu polícia por tudo quanto é lado.

— Perdeu o caraio, seus arrombados!

Começou o tiroteio. Os moleques que estavam com Sem Dó saíram atirando de dentro de uma casa abandonada que tinha ao lado do campinho, Sem Dó foi um dos primeiros a morrer. Na sequência todos os outros quinze que estavam com ele morreram também, como os policiais haviam prometido. Rocha mandou uma equipe experiente para acabar com Sem Dó e os seus soldados, deixando assim o caminho livre para realizarem os seus "negócios" na favela.

CAPÍTULO 30

No funeral do Mauro, tinha muita gente, em sua grande maioria jovens, estava sendo um enterro digno de um chefe de estado que lutava pelo povo. Bete se mostrou uma mulher muito forte:

— Olha só como ele era querido, Mateus, isso me conforta demais, sinal que toda luta dele não foi em vão!

— Não foi mesmo, Bete. Depois daqui nós vamos até o palácio do governador pedir por justiça, esse crime não pode ficar impune.

— Tenho medo da truculência da polícia pra cima de vocês. Manifestação nesse país é sinônimo de baderna. Quando é manifestação do povo, eles se mostram despreparados, quando é passeata de rico, eles são bem cordiais, é impressionante.

— Verdade, Bete, mas estamos preparados, a nossa vai ser pacífica.

— Sim, meu filho, por favor. E a sua mãe sabe que você que organizou junto com Laura e Luana?

— Sabe sim, esse é um caminho que não tem mais volta!

— Toma cuidado filho, pelo amor de Deus.

— Pode deixar, meu mestre está comigo!

— Sei que onde ele está, tá muito contente com todos esses jovens reunidos por um mundo de igualdade, lutando por justiça.

— Bete, se você permitir, eu quero falar algumas palavras sobre um presente que ele me deu minutos antes do atropelamento.

— Claro que permito, meu filho!

— Pessoal, queria um minuto da atenção de vocês. Minutos antes de acontecer tudo que vocês já sabem com o mestre, estávamos conversando, ele me disse que o livro que eu acabei de lançar despertou nele a chama de escrever poesias novamente, me presenteou com uma poesia linda, parecia que estava sentindo o que ia acontecer, ele disse: "garoto escrevi esses versos e senti que tenho que te entregar hoje, mais primeiro vou recitar pra você, o nome é utopia, começa assim":

"Essa noite não estava legal, fui ler e me bateu um desânimo total
Por coisas que andam acontecendo nesse mundo
Onde tudo é muito banal.
Subi para o quarto pra ver
Se sonhava com algo sentimental.

Sonhei que era chefe de Estado e participava de uma conferência geral.
Fui recebido por Mandela, que logo de início me mostrou o seu amor descomunal.
Me perguntou, o que estava acontecendo nesse mundo tão banal.
Eu lhe respondi que o ódio está sendo propagado de um modo universal.
Ele disse pra eu praticar a paz e amar o próximo sem temer o mal.

Foi quando veio ao meu encontro Luís Gama, nos abraçamos e conversamos sobre a liberdade intelectual.
Ele disse que andava muito chateado com esse racismo estrutural
E pra eu não desistir de lutar, porque essa vitória, terá um gosto especial.

Olhei para o lado e vi que Martin Luther King acenava pra mim,
E me fez um convite sensacional, para fazermos uma marcha de mãos dadas pelo fim da violência que infelizmente, se tornou uma guerra campal.

Quando percebi, Malcolm X estava me esperando com o seu sorriso colossal, nos olhamos e ali nasceu um amor surreal.
Disse que não podemos nos render a nenhum homem que não vê a gente como igual.

Explicou a importância da leitura na sua vida
O transformando em um homem leal
Que se eu continuar lutando
Por justiça e liberdade
Por qualquer meio necessário,
Vou conseguir derrotar esse sistema
Que para os oprimidos é tão infernal".

"Esses foram os versos que ele escreveu".

Todos começaram a bater palmas e gritar pelo nome de Mauro, causando uma emoção muito grande na Bete.

— Agora ele vai se juntar a todos esses mestres no outro plano, virando realmente um chefe de estado!

Laura pediu a palavra.

— Pessoal quero deixar bem claro que o motivo da nossa manifestação é por justiça para o Mauro e todos os outros crimes que essa gente vem cometendo, portanto, vamos sair daqui e pegar a avenida Vander de Barros. No caminho muitas pessoas vão se juntar a gente, peço a todos que sejam pacíficos, mesmo sendo difícil segurar os ânimos em um momento como esse, mas os policias que vão estar nos escoltando vão querer um mínimo motivo para acabar com a manifestação, assim como eles estão acostumados a fazer. Quando chegarmos na avenida Coronel Lemos de Castro onde fica o palácio, vamos todos dar os braços uns aos outros e esperar o governador sair pra falar conosco.

Todos começaram gritar, "por justiça! Por justiça!".

Começamos a caminhar pela Vander de Barros, eu via nos olhares de todos, tanto dos policias, quanto dos manifestantes, que os ânimos estavam à flor da pele, a qualquer momento a manifestação poderia pegar fogo literalmente. Luana estava do meu lado e comentei com ela:

— A qualquer momento isso pode virar de ponta cabeça, portanto se isso acontecer e eu não estiver perto de você, corre pra se proteger sem se preocupar comigo. Lembra a entrada do parque que a gente corre? Me espera lá, tá bom?

— Pode deixar, meu amor, se acontecer algo, te espero lá!

— Vou mais para o lado de lá. O pessoal ali está discutindo com alguns polícias que estão querendo reprimir de qualquer jeito também... Calma, pessoal, calma. Não estou entendendo o motivo de tamanha hostilização da parte de vocês se o intuito é fazer a nossa proteção, assim como foi tido no nosso ponto de partida.

— Você tem que pedir calma para o seu pessoal, rapaz, que não para de nos insultar. Qual é a sua profissão?

— Eu sou escritor!

— Grande coisa, você ia gostar de ser chamado de assassino? — perguntou o policial.

— De jeito nenhum, até porque eu não sou assassino, nunca matei ninguém, portanto essa comparação entre nós não pode haver, entendeu?

— Escuta aqui, rapaz, você sabe com quem está falando?

— Sei sim, estou falando com um agente do Estado, que deve fazer a proteção de todos esses contribuintes que só estão pedindo por justiça, um direito nosso, que inclusive tá previsto no artigo 5 da Constituição Federal lá no inciso XVI, que diz: "todos podem reunir-se pacificamente, sem armas, em locais abertos ao público, independentemente de autorização, desde que não frustram outra reunião anteriormente convocada para o mesmo local, sendo apenas exigido prévio aviso à autoridade competente". Enfim ninguém aqui está armado, a não ser vocês que precisam está para garantir a ordem, bem como vocês gostam de mencionar. Também foi avisado para as autoridades competentes que haveria esta manifestação.

— Você é metido a entendido, hein, rapaz. Já sabe o que acontece com gente como você, né? — perguntou o policial.

— Na real sei sim, o mesmo que aconteceu com o senhor que morreu atropelado, igual a vereadora Marielle que mataram e até hoje não querem descobrir quem foi, não é isso? — eu perguntei.

— Você tá muito abusado pro meu gosto, rapaz. cuidado que essa sua petulância pode custar caro pra você!

— Pura impressão sua, meu senhor!

— Só peço que você controle o seu povo, pra gente não ter que usar a força excessiva.

— Se depender de mim, o meu povo só vai usar força da mente, só queremos justiça por esses crimes que vêm sendo cometidos há anos.

O pessoal não parava de gritar "assassinos" e exigindo justiça, estava cada vez mais difícil conter os ânimos.

— Calma, pessoal, calma. Eu acabo de receber uma ligação que o governador vai nos receber no palácio — eu disse.

Alguém bradou: "esse governador é da mesma laia que esses assassinos, ele vive nos oprimindo com a sua polícia. Por mim a gente quebra o palácio inteiro chegando lá".

— Calma, gente. Não precisamos fazer isso, vamos nos lembrar que estamos aqui pela memória do Mauro, um homem que tanto lutou por nós e sempre sem violência — disse Laura.

Uma pessoa gritou: "e o que adiantou? Tiraram a vida dele violentamente e o assassino já está solto. Se fosse um de nós já estaria preso sem direito à fiança nenhuma!".

— Sim, você está certo quando diz que se fosse um de nós estaríamos presos, mas não vamos fazer o que eles querem, pode ser? — disse Laura.

"Tudo bem, só queremos justiça!".

— O nosso intuito aqui é esse, vamos mostrar pra eles que somos diferentes, a gente vai subir cantando. Tem uma música que diz tudo o que a gente passa, o nome dela é *Falsa Abolição da Preta Rara*, tenho certeza que a maioria de vocês conhece — disse Laura.

Muitos começaram a gritar, antes mesmo da Laura, a multidão começou:

"Negras não brincam de bonecas pretas! Pretas!
Tô cansada do embranquecimento do Brasil
Preconceito racismo como nunca se viu
Meninas negras não brincam com bonecas pretas
Foi a Barbie que carreguei até a minha adolescência
Porque não posso andar no estilo da minha raiz
Sempre riam do meu cabelo e do meu nariz
Na novela sou empregada e escrava
Não me dão oportunidade aqui pra nada

Sou revolucionária negra consciente
Não uso corpo, eu não me mostro eu uso a mente
Na escola não aprendi
Aprendi na escola da vida
Estudei me informando atrás de sabedoria
Nossa cultura esquecida
Apagada e queimada
Na escola nunca ouvir
Falar de Dandara
Somos obrigados aprender o que é de fora
Europa Oriente, essa cultura não é nossa
Discriminam as religiões afro-brasileira
Falando que é do diabo
Que é coisa feia
Mas temos que se mexer para acreditar
Pra obter conquista é preciso reivindicar".

— É o que estamos fazendo aqui, reivindicando por nossos direitos, por igualdade, oportunidades, e tantas outras coisas que essa sociedade racista produz.

Quando gritávamos "parem de nos matar", os polícias nos olhavam com muita raiva, mas naquele momento eles não podiam nos agredir.

Chegamos na avenida Coronel Lemos de Castro, paramos no portão principal do palácio do governador, Laura veio ao meu encontro.

— Será que o governador vai sair pra conversar com a gente?

— Ele disse que ia, né? Mas sabe como é, confiar nessa gente é complicado! — eu disse.

Pegamos dois megafones e começamos a falar com a multidão, que estava na frente do palácio.

— Peço que todos de agora em diante deem as mãos uns aos outros. Juntos somos mais fortes, essa é a forma de mostrar que não vamos nos soltar por nada.

Todos começamos gritar, "queremos justiça, queremos igualdade e exigimos respeito".

— Sim, exigimos respeito, basta de tanta violência contra nós, vocês nos oprimem diariamente, olhem a quantidade de jovens que estão aqui, pergunta pra cada um deles se já sofreram algum tipo de preconceito ou algum tipo de repressão por homens do estado?

Façam essas pesquisas, comecem a nos ouvir, parem de ir à televisão falar bonito, chega de fala doce, parem de falar que vocês estão acabando com a violência na cidade se a cada 23 minutos um jovem negro é assassinado nesse país. Recentemente foi realizada uma pesquisa feita pela ONU, por ano 30 mil pessoas são assassinadas no país, 23 mil são negros. Isso não choca vocês, já pararam pra se perguntar o porquê acontece isso? Eu respondo, porque o racismo nesse país é enorme, somos confundidos com ladrões o tempo todo, quando eu vou ao supermercado me sinto uma pessoa superimportante com a quantidade de seguranças atrás de mim.

— A cada 7 horas, uma mulher é morta pelo fato de ser mulher, isso tem que acabar, queremos que a lei seja aplicada com rigor para todos, é por isso que estamos aqui reunidos. Chega de intolerância com as diferenças, basta, o homossexual não pode circular nas ruas porque é espancado ou até mesmo assassinado, chega disso — disse Laura.

— Esses filhinhos de papai, assumem a responsabilidade quando entram em um veículo embriagados, eles matam, pagam fiança para o Estado e está tudo certo, voltam a levar suas vidas tranquilamente, portanto vocês têm parcela nesses assassinatos. Só estamos aqui por uma vida mais digna, o senhor que é dono da maior construtora do país assassinou quem lutava diariamente por nós, olha a quantidade de pessoas que estão aqui, pedindo justiça por ele. Se os senhores não sabem, ele deixou uma família, uma esposa e dois filhos, fora essa quantidade de filhos que estão presentes. Isso se chama representatividade, vocês como Estado não nos dão o direito de termos representantes negros por nós, mas ele venceu todas as barreiras, só queria igualdade para o povo.

Todos começaram gritar: "justiça, queremos justiça!".

Foi quando Laura começou a cantar a música do Emicida, *Mandume*, e toda multidão seguiu cantando. Aquilo foi uma das coisas mais lindas que eu presenciei na vida.

"Eles querem que alguém
Que vem de onde nóiz vem
Seja mais humilde, baixa a cabeça
Nunca revide, finge que esqueceu a coisa toda
Eu quero é que eles se fodam
Nunca deram nada pra nóiz"

Todos de braços dados ao som dessas palavras, esperando uma resposta de alguém no palácio do governo em vão. O governador não saiu, pelo contrário, deu a ordem aos seus homens que era pra dispersar a multidão, foi quando veio os homens que comandavam a "nossa proteção", como eles mesmo diziam.

— Temos ordem para dispersar a multidão — disse o policial.

— Mas isso é arbitrário, a manifestação está sendo pacífica, só estamos reivindicando os nossos direitos, não entendo essa agressão contra a democracia — eu disse.

— Só estamos cumprindo ordens, antes que isso vire um caos, achamos melhor vocês irem embora em segurança!

— Mas não são vocês que tem que determinar o que é bom pra esse povo, ou melhor estamos em segurança, na de vocês, foi isso que falaram lá na Vander de Barros, que iam fazer a nossa segurança — eu disse.

— Rapaz, já chega, se você não quer dispersar esse povo, nós faremos do nosso jeito.

— O jeito de vocês sempre na violência, né? É isso que vocês querem desde o início deste ato... Pessoal temos ordens pra dispersar, deixar o local, irmos para as nossas casas!

A multidão ficou ensandecida com aquelas palavras, os gritos por justiça se intensificaram de uma forma muito elevada.

Os polícias partiram pra cima da multidão, que por sua vez não deixou barato. Tudo que eu temia aconteceu.

Virou uma batalha campal, os polícias começaram a jogar bomba nos manifestantes que corriam, mas ao mesmo tempo jogavam pedras e pedaços de madeira nos agentes do estado. Eu já não conseguia ver onde a Luana estava, mas esperava que ela fosse para o local que tínhamos combinado.

— O que vamos fazer agora, Mateus? — perguntou Laura.

— Não temos muito o que fazer, Laura, olha o que eles fizeram com uma manifestação pacífica, agora está fora de controle, vem vamos em direção ao parque, espero que não ocorra mais mortes.

— Eu também espero. Quanto despreparo dessas pessoas, bem que a Bete falou.

Tinham alguns carros estacionados em frente do palácio com placas do estado, alguns jovens começaram a jogar gasolina e tocar fogo, as agências bancárias da avenida estavam todas tendo suas vidraças quebradas, os caixas eletrônicos incendiados. Eu mesmo não pensei duas vezes em quebrar. Jatos de água vinham em nossa direção e jogavam as pessoas longe, algumas pessoas conseguiram pular as grades do palácio e atearam fogo na parte de dentro. Virou uma loucura sem tamanho.

Eu e a Laura corremos sem parar, uma menina que estava na nossa frente tropeçou e foi ao chão, levantamos ela e continuamos correndo até chegar na entrada do parque como havíamos combinado.

Para o nosso alívio, Luana e mais um monte de gente estavam lá, sentadas desesperadas, esperando por nós.

— Graças a Deus vocês estão bem, meu desespero só aumentava, vi algumas pessoas passarem correndo com sangramentos, não entendi por que os polícias fizeram isso, estávamos todos protestando pacificamente — disse Luana.

— Eles são covardes, Luana, quantas vezes eles já entraram na favela batendo nos meninos e mandando eu ir pra parede, por puro prazer — disse Laura.

— É um absurdo isso, de verdade!

— Eles não pensam duas vezes pra mostrar força em cima da gente, sempre foi assim, não é agora que ia ser diferente — eu disse.

Nos abraçamos e agradecemos por nossas vidas naquele momento.

CAPÍTULO 31

Depois da repercussão da matéria sobre os áudios de Flávio e Paulo assumindo os crimes e assassinatos, Paulo foi intimado a depor para esclarecer os fatos, compareceu com os melhores advogados do país, eles alegaram que os áudios estavam todos inaudíveis, portanto o cliente deles era inocente. Gravações de áudios não comprovavam a veracidade das acusações, o juiz aceitou a apelação dos advogados e arquivou o caso, inocentando Flávio e Paulo.

Fernando foi condenando a pagar uma indenização para família do Mauro no valor de 400 mil reais e prestar serviços comunitário em uma escola de bairro nobre durante seis meses, duas horas por dia!

Paulo fez a viagem para Israel levando a capa de batismo com as digitais dos fiéis para fazer o mesmo no Rio Jordão!

Flávio voltou da Europa e começou a construção do templo na favela, como havia planejado. A segurança como sempre ia ficar por conta do Rocha, seria bem tranquilo, até porque não tinha o Tom e nem o Sem Dó no caminho deles, eles já tinham resolvido esse problema.

— Nossa vida daqui pra frente vai ser bem mais leve, sem aquele comunista no nosso caminho, aqueles dois vagabundos e aquele líder comunitário pra encher o nosso saco. Vida longa aos nossos "negócios" — disse Flávio.

— Aquele moleque me preocupa um pouco Flávio, ele é cria daquele comunista — disse Paulo.

— Que isso, se ele cruzar o nosso caminho a gente passa por cima dele, como fizemos com todos que ousaram fazer isso.

— Tá certo, pode ter certeza que nada vai acontecer conosco, vivemos no país da impunidade, isso é um fato, nós temos dinheiro e quem tem dinheiro neste país é rei, portanto somos reis! — disse Paulo dando risadas.

CAPÍTULO 32

Chegamos em casa destroçados com a perda do Mauro, minha ficha começou a cair, estava começando a ter a ciência que não teria mais ele por perto pra me ensinar como havia feito nesses anos, das nossas risadas, seria muito difícil pra mim de agora em diante sem ele. A absolvição dos assassinos me doía muito, o desfecho que teve a manifestação foi desanimador.

— Pode ter certeza que isso é só o começo, não vou dar sossego para essa gente, principalmente para esse governador omisso com tudo que está acontecendo na cidade que ele "governa", não vou tirar um dia de folga até eu ver esses assassinos na cadeia, pela memória de todos que se foram pelas mãos sujas deles — eu disse.

— Pode contar comigo, estou com você, meu poeta preferido — disse Luana.

— Nossa missão daqui por diante é lutar todos os dias pelo nosso povo que sofre demais, justiça só funciona pra nos colocar na cadeia, eles cometem os crimes e continuam livres — disse Laura.

— Gente, tá passando na televisão a manifestação, está falando o nome de vocês dois! — disse Luana.

"A manifestação organizada pelos dois ativistas, Laura e Mateus, virou uma batalha campal, muitas pessoas ficaram feridas, tanto os manifestantes quanto polícias. Um absurdo organizar um ato violento desses!".

— Tá vendo, Laura, estão querendo colocar a culpa em nós, como se tivesse sido a gente que começou a guerra! — eu disse.

— Esse é o papel de alguns representantes da mídia, afinal, a FF Construtora financia uma parte da imprensa, não esperava outra coisa mesmo — disse Laura.

— Eles não sabem como isso serve de combustível pra gente, eles estão achando que vão nos intimidar com esse tipo de matéria, vamos avisar a eles que esse é um caminho sem volta — eu disse sorrindo.

— Vamos comer alguma coisa, estou com fome — disse Laura.

— Novidades, né, Laura? — eu disse e todos nos sorrimos.

— Gente preciso contar uma coisa pra vocês, eu vou trabalhar na Literatura que Ilumina, fiz uma entrevista com a Bianca e ela me contratou — disse Luana.

— Que notícia maravilhosa, querida, parabéns de verdade, fico muito feliz por você!

— Parabéns, Luana, muita luz na caminhada — disse Laura.

Os meninos mandaram mensagem. O Carlos falou que está adorando Boston, disse que até já se acostumou com o frio, está tocando com uma banda local de jazz.

— Que ótimo que ele está se adaptando, vou esperar porque daqui uns dias ele manda as fotos dentro do TD Garden no jogo dos Celtics.

— O Tiago disse que está escrevendo o primeiro longa dele, a escola está ajudando muito em seu desenvolvimento, ele e o Pierre se dão super bem!

— Até que enfim notícias boas no meio desse caos que estamos vivendo — eu disse.

— Isso é só o começo da nossa luta Mateus, tem muita coisa ainda pela frente, muitas barreiras — disse Laura.

— Sim, eu sei, Laura, vamos travar muitas batalhas na nossa caminhada, mas o nosso povo merece todo sacrifício, não vamos deixar tantas impunidades em vão, no esquecimento, vamos lutar por qualquer meio necessário por igualdade, liberdade e justiça, para que o novo amanhã não percamos mais, Mauros, Tom, Sem Dó, Claudinho, Marielle, João Pedro, Agatha, os cinco jovens de Costa Barros, Roberto, Carlos Eduardo, Cleiton, Wilton, Wesley e tantos outros que se foram pelas mãos do Estado em nossas favelas!

Axé.

REFERÊNCIAS

ALVES, Marcel. **IBeRe TI ALA**: O começo de um sonho. 1. ed. São Paulo: Editora Independente, 2020.

BARRETO, Lima. **Lima Barreto**: Volume 1. Rio de Janeiro: Editora Nova Fronteira, 2018. 154 p.

BÍBLIA. Português. Tradução do Novo Mundo da Bíblia Sagrada. Cesário Lange: Associação Torre de Vigia de Bíblias e Tratados, 2014. 205 p.

BLOG DA BOITEMPO. **Angela Davis**: A potência de Sojourner Truth. **Portal Geledés**, 2018. Disponível em: https://www.geledes.org.br/angela-davis-potencia-de-sojourner-truth/. Acesso em: 4 ago. 2022.

DAVIS, Angela. **Angela Davis**: Mulheres, Raça e Classe. São Paulo: Editora Boitempo, 2016.

DUARTE, Bruno. James Baldwin: o leão de 95 anos. **Portal Geledés**, 2019. Disponível em: https://www.geledes.org.br/james-baldwin-o-leao-de-95-anos/. Acesso em: 3 ago. 2022.

HAYDIN, Isabella. Resenha: Pantera Negra. **Fala! Universidades**, 2018. Disponível em: https://falauniversidades.com.br/resenha-pantera-negra/. Acesso em: 3 ago. 2022.

KARL POPPER. **Pensador**, 2020. Disponível em: https://www.pensador.com/frase/MTU2MzEyNw/. Acesso em: 1 ago. 2022.

LIMA Barreto: literatura que se confunde com a vida pessoal denuncia racismo. **Portal Geledés**, 2019. Disponível em: https://www.geledes.org.br/lima-barreto-literatura-que-se-confunde-com-vida-pessoal-denuncia-racismo/. Acesso em: 3 ago. 2022.

MOURA, Carlos Eugênio Marcondes de. Francisco Nascimento: O Dragão do Mar. **Portal Geledés**, 2009. Disponível em: https://www.geledes.org.br/francisco-nascimento-o-dragao-do-mar/. Acesso em: 3 ago. 2022.

NERUDA, Pablo. **Cem Sonetos de Amor.** Porto Alegre: L&PM Pocket. 1959.

OGUM. **Significados**, 2020. Disponível em: https://www.significados.com.br/ogum/. Acesso em: 1 ago. 2022.

ORILEMPE, Iyewatobi Eniolá. **Sapato ou pés descalços**: qual o verdadeiro fundamento? 2020. Facebook: Candomblé Fé Ostentação. Disponível em: https://m.facebook.com/177230469143104/photos/a.177234365809381/190129124519905/?type=3. Acesso em: 9 ago. 2020.

PALMARES. Maria Carolina de Jesus. **Portal Geledés**, 2013. Disponível em: https://www.geledes.org.br/maria-carolina-de-jesus/. Acesso em: 4 ago. 2022.

PINHO, Osmunho. E não sou uma mulher? **Portal Geledés**, 2014. Disponível em: https://www.geledes.org.br/e-nao-sou-uma-mulher-sojourner-truth/. Acesso em: 4 ago. 2022.

RIBEIRO, Djamila. **O que é lugar de fala?** Belo Horizonte: Editora Letramento, 2017.

VIVEIROS, Juliana. Tudo Sobre Ogum: O Orixá Ferreiro e Grande Guerreiro. **Iquilibrio**, 2020. Disponível em: https://www.iquilibrio.com/blog/espiritualidade/umbanda-candomble/tudo-sobre-ogum/. Acesso em: 5 ago. 2022.

TRANSPARÊNCA INTERNACIONAL BRASIL. **Transparência Internacional**, c2019. Página inicial. Disponível em: https://transparenciainternacional.org.br/home/destaques. Acesso em: 2 ago. 2022.

X, Malcolm; HALEY, Alex. **Autobiografia de Malcolm X**. 2. ed. Rio de Janeiro: Editora Record, 1965.